虚与实之间——简·奥斯汀小说中的音乐性研究

李 伟 著

东北师范大学出版社
·长春·

图书在版编目（CIP）数据

虚与实之间：简·奥斯汀小说中的音乐性研究 / 李伟著. —长春：东北师范大学出版社，2023.9
 ISBN 978 - 7 - 5771 - 0557 - 4

I. ①虚⋯ II. ①李⋯ III. ①奥斯丁（Austen, Jane 1775—1817）—小说研究 IV. ①I561.074

中国国家版本馆 CIP 数据核字（2023）第 173921 号

□责任编辑：张晓营　　□封面设计：优盛文化
□责任校对：谷艳宁　　□责任印制：许　冰

东北师范大学出版社出版发行
长春净月经济开发区金宝街 118 号（邮政编码：130117）
电话：0431—84568023
网址：http：//www.nenup.com
东北师范大学音像出版社制版
定州启航印刷有限公司印装
河北省定州市西城区大奇连工业园
2023 年 9 月第 1 版　2023 年 9 月第 1 次印刷
幅面尺寸：170mm×240mm　印张：11.5　字数：220 千

定价：78.00 元

本专著为安徽科技学院人才项目与安徽省教育厅人文社会科学研究重点项目(编号:SK2021A0473)、安徽省高校优秀拔尖人才培育项目(编号:gxgnfx2022040)、安徽省教育厅人文社会科学研究重点项目(编号:2022AH051596)的成果。

内容简介

　　十八世纪初期，钢琴的发明无疑是音乐史上重大的进步之一，与此同时，工业革命已经开始，并对人类的生活方式产生了重大影响。工业革命带来的经济繁荣促使中产阶级兴起，间接地影响了音乐的人口与结构。英国小说家简·奥斯汀正是生活在这个转折的时代。在奥斯汀的小说中，我们可以看到大量与音乐相关的表征，音乐早已广泛深入中上层社会女性日常生活的各个方面。对文学领域而言，简·奥斯汀是一位小说家，但对音乐领域而言，她是那个时代里爱乐者的一员。她遗留下来的书信中，有许多都曾谈论到音乐；她遗留下来的乐谱，也表明了她的音乐造诣和她在音乐方面所花费的心思。不只她的生活充满音乐，她的小说中也频繁地出现音乐场景，这些场景除了描绘出不同于今日的音乐风貌，还显示出当时音乐在人们生活中占有的重要地位。本书的研究方向并不是聚焦在当时著名的演奏家或作曲家上，而是关注简·奥斯汀小说中音乐与人们生活间的关系，包括音乐在不同的社会阶层、不同的性别和不同的场合下具有的象征意义和功能。本书以当时中上阶级普遍拥有的乐器——钢琴作为主要研究对象，探讨包括演奏者的族群、演奏的场合、演奏的目的等密切关联的问题。全书涵盖虚构小说和真实历史两大部分，以虚实贯串的方式来说明当时的音乐概况，进而理解简·奥斯汀小说中音乐与女性生活的关系及音乐文化对女性意识进行塑造的真实历史。

目 录

第一章　绪　论 / 1

第二章　文学作品与音乐的融合 / 8
　　第一节　小说音乐性的内涵 ………………………………………… 8
　　第二节　西方文学与音乐 …………………………………………… 12
　　第三节　古典文学与音乐 …………………………………………… 22
　　第四节　音乐的功能与作用 ………………………………………… 28

第三章　简·奥斯汀与音乐 / 40
　　第一节　简·奥斯汀生平与作品简介 ……………………………… 40
　　第二节　简·奥斯汀的音乐生活 …………………………………… 47
　　第三节　简·奥斯汀的乐谱 ………………………………………… 52
　　第四节　简·奥斯汀与作曲家 ……………………………………… 63

第四章　简·奥斯汀时代的英国音乐概况 / 80
　　第一节　十八世纪前英国键盘音乐的发展概况 …………………… 80
　　第二节　工业革命与钢琴发展概况 ………………………………… 86
　　第三节　十八世纪的英国音乐家 …………………………………… 88
　　第四节　中下和中上阶层的音乐会 ………………………………… 94
　　第五节　简·奥斯汀小说中的音乐会 ……………………………… 98

第五章　金钱、社会阶级、性别和钢琴 / 106
　　第一节　家庭财力的象征 …………………………………………… 106
　　第二节　绅士（gentlemen） ………………………………………… 114

第三节　社会阶级与钢琴 …………………………………… 120
第四节　性别与音乐 ………………………………………… 123
第五节　性别与钢琴 ………………………………………… 130

第六章　简·奥斯汀小说中的音乐场景及功能 / 138

第一节　音乐作为社交场合的余兴 ………………………… 139
第二节　音乐作为情感的媒介 ……………………………… 144
第三节　音乐作为话题 ……………………………………… 154
第四节　音乐的其他功能 …………………………………… 158

第七章　结　语 / 166

附录 / 169

参考文献 / 171

第一章

绪　论

　　历史来自现实（reality），但小说的情节必定为虚构（fiction），英语词典中对"novel"一词的定义如下：

> *A long fictional prose narrative, usually filling one or more volumes and typically representing character and action with some degree of realism and complexity; a book containing such a narrative. In the 17th and 18th centuries freq. contrasted with a romance, as being shorter and having more relation to real life.*

　　基于虚构情节这个事实，有些读者或许会产生如何在虚构的东西中找出真实的问题。这个问题必须借用绘画来回答：画家笔下的人物未必真有其人，但这并不代表画作中的其他东西也是虚构的。卜正民（Timothy Brook）在《维梅尔的帽子：从一幅画看全球化贸易的兴起》（*Vermeer's Hat: the Seventeenth Century and the Dawn of the Global World*）一书中，透过维梅尔（Johannes Vermeer, 1632—1675）的画中军官戴着的帽子，引导读者了解欧洲人和北美原住民之间的战争历史（欧洲人欲取得用来制作帽子毛毡的海狸毛）。从历史的角度来看，画作中的那位军官是谁或者是否真有其人其实并不是重点，反而是其他琐碎的细节——那顶帽子、墙上的地图、屋内不脱帽的传统——把整个时代给框住，并保留下来。小说的虚构并非全都来自假想，相反地，它的虚构是"*with some* degree of realism"，所以它的"虚"和绘画一样，是虚中带实；它未必是整个时代的速写或缩影，但必定呈现时代中的一部分。

相对于小说，历史最大的不同在于其真实性。但所谓的"真实性"，准确地说，不过是今人对过去的一部分的认识无误，并不代表对过去的全貌全然知悉。就好比冰山，我们只见其一角，却未见其没入海中的部分，眼见部分自然为真，但是未见部分也不能否认其存在，只能视为未知。所以历史的实是"实中带虚"，已知处为实，未知处为虚，实越多则虚越少，但绝无穷尽的那一天。

为何"虚与实"要拿来相提并论？又为何"虚与实"值得如此大做文章？因为音乐的历史尽管已经被书写过许多次，但不论哪一个时期，它们都显示一个共通而吊诡的现象：书里讨论的对象总是"他"和"他们"，却很少出现"她"和"她们"，即便出现也只是一笔带过而已。Georgia Peeples 曾在"Where Are We Now? The Inclusion of Women, 1750—1900, in Music History Textbooks"中，以古典和浪漫时期为例：

> *The "Classical-Romantic" period, roughly from 1750 to 1900 [...] has often been called "universal" —an ironic description when its narrative was limited to this discussion of a few major composers. As scholars, and even amateurs, now know, hundreds of lesser-known composers and performers, as well as a growing audience of consumers, helped to shape this era. Among them are a significant group of women, whose influence has only gradually been recognized and presented in the telling of music history.*[①]

Georgia Peeples 认为，仅对部分作曲家做介绍，却忽视同时代其他的音乐族群（特别是为数众多的女性），这样的叙述有失公允。所以她对包括 Donald J. Grout 和 Claude Palisca 合著的 *A History of Western Music*

---

① Georgia Peeples, "Where Are We Now? The Inclusion of Women, 1750—1900, in Music History Textbooks", *Women and Music*. 7. 3 (2001): 33.

第一章 绪 论

在内的七本音乐史著作①中女性音乐家的数量进行了综合比较，比较的结果令人惊讶：*A History of Western Music* 是在 1960 年出版的第一版，全书 742 页，竟然只包含了三位女性音乐家；四十多年后的第六版（2001），全书 843 页，所提及的女性作曲家也只有十四个。不同的时代会有不同的史观，从 *A History of Western Music* 一书对女性音乐家的讨论中，我们可以发现女性确实开始逐渐受到正视，但这个正视似乎还处在开始的阶段，还有很长的路要走。

不同的音乐史书和不同版本的音乐史书呈现的观点都不尽相同，这表明同样的历史有不同的角度可以观察。读者若未能察觉作者的主观意图，就会陷入作者的观点，而误以为历史全貌就是如此。许多音乐史书在陈述时就经常将重点放在作曲家上，而忽略整体的音乐环境是如何造就他们的，这种书写者主观更胜于客观的情形屡见不鲜，所以 Richard Taruskin 批评历史音乐学家写作的习性是"*bourgeois habit of fetishizing individuals and ignoring groups*②"，而 Richard Leppert 也认为对女性活动的轻视"*was an essential component in maintaining the status quo based on gender hierarchy*③"。以前的女性由于在知识上处于弱势，"她们"没有机会提笔写下历史，在历史中也往往被略过；所谓的历史，客观而言，陈述的尽是"他们"的历史，并非全人类的故事。这也不禁让人想象：如果历史能重来一次，而这次由女性掌握知识的特权，那么这个由女性所写下的历史，和我们现在所认识的历史会一模一样吗？当然不可能！

历史无法重来，我们也无法改变过去，但是我们可以改变观看过去的角度和视野；历史不会变，但是不同的角度和视野却可以让历史看起来不

---

① 这七本音乐史书包括四本专业用书：Donald J. Grout 和 Claude Palisca 合著的 *A History of Western Music*、Reinhard G. Pauly 的 *Music in the Classic Period*、Rey M. Longyear 的 *Nineteenth-Century Romanticism in Music* 和 K. Marie Stolba 的 *The Development of Western Music: A History*，以及三本一般音乐赏析书籍：Joseph Machlis 和 Kristine Forney 合著的 *The Enjoyment of Music*、Roger Kamien 的 *Music: An Appreciation* 和由 Joseph Kerman 和 Vivian Kerman 合著的 *Listen*。

② Miriam F. Hart, *Hardly an Innocent Diversion: Music in the Life and Writings of Jane Austen*, p. 50.

③ Richard Leppert, "Social Order and the Domestic Consumption of Music", *The Consumption of Culture, 1600—1800: Image, Object, Text*, p. 519.

一样。本书的意图并非批判历史学者有意识或无意识的男性主义，观察的立场也非基于女性主义，而是秉持"历史是真实的一部分"，将已知的史实视为冰山一角，从另一个角度去了解海平面下尚未显露的部分，以建构冰山的完整样貌，进而理解冰山的成因。

　　本书的研究重点在于探讨简·奥斯汀小说中的音乐情境及其所具有的意义，然而研究方法并非以文学或音乐的方式，而是将小说当作绘画来解读，从画中呈现的细节进行讨论、比较，并和音乐史书相对照。笔者的研究概念来自卜正民的著作《维梅尔的帽子：从一幅画看全球化贸易的兴起》，他把荷兰画家维梅尔的画作当作一扇历史之门，画作上的一景一物都是开启通往 17 世纪之门的钥匙。他在书中如此解释：

> *Paintings are not "taken", like photographs; they are "made", carefully and deliberately, and not to show an objective reality so much as to present a particular scenario. This attitude affects how we look at things in paintings. When we think of paintings as windows, we treat the objects in them as two-dimensional details showing either that the past was different from what we know today, or that it is the same, again as though a photograph had been taken.*[①]

　　绘画的创作过程并不是瞬间的，从构思、画草图到完成，所耗费的时间和心力不容小觑。小说的创作和绘画一样，其过程又缓又长，疾笔写下后，又经过多次反复修改，最后才出版和读者见面。绘画和小说除了创作历程近似，题材的选用也有共通之处。画家在画里呈现的人物和景物并非随意的，相反地，这些出现在画里的人和物都有其存在的意义，即便只是水果静物，也可让观赏者约略判断其所处的季节和地域。小说家对于情节的铺陈、人物的描绘等等，就如同画家决定如何呈现画面、画面呈现些什么一样，是一个经过多番取舍，最后才思量而成的过程。所以小说和绘画

[①] Timothy Brook, *Vermeer's Hat: the Seventeenth Century and the Dawn of the Global World*, p. 9.

不仅是创作者小心而缓慢的创造，还是富含意义和影射的艺术作品。面对一幅画，卜正民不仅"看见"，还提出其他人常常"看不见"的疑问：

> We see a seventeenth-century goblet and think, That is what a seventeenth-century goblet looks like, and isn't it remarkably like/unlike (choose one) goblets today? We tend not to think: What is a goblet doing there? Who made it? Where did it come from? Why did the artist choose to include it instead of something else, a teacup, say, or a glass jar? [①]

维梅尔画中的高脚杯引发卜正民的许多疑问，同样的疑问也适用于小说当中：为何在小说的音乐场景中演奏的总是"她们"而不是"他们"？"她们"为什么弹钢琴？"她们"为什么只弹钢琴？"她们"为什么要在特定场合弹钢琴？"她们"为谁而弹钢琴？"她们"弹钢琴的风气从何而来？简·奥斯汀的小说将18世纪上流社会的生活构成一幅图画——在这幅画中，女性和钢琴相伴相依的部分占据了很大的版面。笔者选择简·奥斯汀的小说作为认识当时音乐概况的窗口，原因有三点：一是她正式发表的小说共有六篇，其音乐场景的质和量皆足以作为研究素材；二是她除了是一位小说家，还是一位音乐爱好者，这让她的小说中的音乐场景更具意义；三是她在文学界的地位使她的许多资料得以完善保存，她的书信、她的乐谱让她笔下的音乐世界有所根据。

关于简·奥斯汀（Jane Austen，1775—1817）在文学上的研究颇多，然针对她在音乐上的兴趣，或是将她视为音乐爱好者以作为当时音乐风气的研究对象，则相关文献寥寥可数。国外最早研究简·奥斯汀音乐藏谱的专书是 Patrick Piggott 在1979年出版的 *The Innocent Diversion: Music in the Life and Writings of Jane Austen*，Miriam F. Hart 在1999年所著的 *Hardly an Innocent Diversion: Music in the Life and Writings of Jane Austen* 算是呼应 Patrick Piggott 研究简·奥斯汀音乐藏谱的专书，然两者

---

① Ibid.

相隔二十年。其他和简·奥斯汀相关的音乐研究并非没有，但都是散见于期刊，其主题也较少针对音乐的功能和意涵做深入性探讨。国外研究如此，国内研究则更为贫乏，在音乐领域仅有李美文教授曾经从钢琴音乐发展的角度去研究过简·奥斯汀的藏谱，在文学领域则尚未有针对简·奥斯汀与音乐做研究的专文。故笔者认为这个题材尚有发挥空间，而且不论国内国外，文学和音乐间的跨领域研究多是以文本为主、音乐为辅的形式，然笔者专著的研究方向恰恰与之相反，全篇的重心在于借助文本以更加了解音乐历史，音乐是主要目的，文本是了解历史的工具。音乐史书到底有什么不足之处，需要小说来辅助还原音乐历史的样貌？以 A History of Western Music 为例，该书在论及钢琴时做了以下陈述：

> *Women, particularly, played the piano, continuing a tradition of keyboard-playing for their own and others' pleasure that stretched back to the sixteenth century [...] There were quite a few professional women pianists in the first half of the nineteenth century—such as Clara Wieck [...] and many excellent amateurs who played at a professional level. Yet for most women, music was an accomplishment, designed to attract a spouse and serve family and friends, rather than a career.*[1]

整段的叙述除了 Clara Wieck（1819—1896）为确实存在的真实人物，其他女性演奏钢琴的定论则不知来源于何处，这种叙述上斩钉截铁，但实际上却没有佐证的陈述方式是音乐史书中常见的问题，而简·奥斯汀的小说，正好能给予以上陈述写实的例子。以小说来弥补音乐史书陈述上的不足，正是本书与其他以文学为主的跨领域研究的不同之处。

我们已经听了太多"他们"的故事，尽管间或夹杂了"她们"，但都是出自"他们"的笔下，缺少"她们"自己的说辞。笔者将简·奥斯汀视

---

[1] Donald J. Grout, Claude Palisca, *A History of Western Music*, pp. 598—599.

为女性音乐爱好者的代表更甚于其作家身份,以她创作的小说为主,并以她的信件、乐谱为辅,去了解"她们"是怎么看待音乐的,而音乐在"她们"的生活中又扮演着何种角色。在阅读简·奥斯汀的小说时,必须像卜正民观赏维梅尔的画作一样,先抛开习以为常的想法,以避免被视而不见的盲点蒙蔽,如此才能掌握关键的蛛丝马迹。

全书以虚辅实,旨在将历史这块拼图拼凑得更大、更完整;以实补虚,让小说有所本,进而化虚为实。实虚相佐,让历史和小说相辅相成,互相弥补不足之处,是本书的出发点,亦是撰文之目的。

第二章

文学作品与音乐的融合

第一节 小说音乐性的内涵

司汤达说过:"文学和音乐都是人类心灵的画卷。"自古以来,文学、音乐、艺术之间的交流、结合与互相启发极为广泛且丰富。在古希腊时代,诗、乐、舞三者融为一体,这尤其体现在对酒神狄俄尼索斯的崇拜仪式上,具体表现为对酒神的敬畏与歌颂,这三者的结合被认为是后来古希腊悲剧和喜剧的雏形。在中国,最初的诗歌也和音乐、舞蹈结合在一起。《墨子·公孟》中说,儒者"诵《诗》三百,弦《诗》三百,歌《诗》三百,舞《诗》三百",即《诗经》既可以用来弹奏、吟诵,又可歌唱、舞蹈。《诗经》的三部分《风》《雅》《颂》之名都来源于音乐:"风"指声调、曲调;"雅"即正,周代人将纯正、符合音律的乐声称作"雅乐";"颂"是用于宗庙祭祀的颂歌。《诗经》中大量使用的重章、叠句也反映出其对音乐表演的考虑。

音乐与文学相结合的例子不胜枚举,而二者之间的碰撞与互相启发更能凸显出创造性意义。众所周知,中西方音乐的最大差异、最根本的分水岭在于西方在中世纪出现了多声部的复调音乐,而中国音乐除少数民族音乐以外,一直都是单声音乐。那么,西方复调音乐是如何产生的呢?这就与西方文学的发展有着极大的关联:在中世纪盛期,也就是12、13世纪,

第二章 文学作品与音乐的融合

在当时作为欧洲文化、艺术、政治中心的法国，骑士文学蓬勃发展，充满人性力量的骑士爱情诗，如《朗斯洛，或坐囚车的骑士》，取代了尚武题材的英雄叙事诗，如《罗兰之歌》，成为文学中的主流。而诗歌当时都是可以吟唱的，其主要通过法国南部的游吟诗人（troubadour）与北部的游吟诗人（trouvère）传播开来。而后，骑士爱情理想与对圣母的宗教崇拜相融合，于是一支表达爱情的世俗旋律常与一支圣咏旋律交织、组合，如此，复调音乐便从巴黎圣母院乐派开始在欧洲真正诞生并繁荣起来。稍后乐声思维又影响到绘画艺术，在15世纪出现了复调性质的绘画作品，如贝莱索的《圣德尼的殉难》，从而使"在同一艺术构思中表现不同时间发生、内容不同的多个元素"成为中世纪盛期艺术创作的精髓，奠定了西方艺术纵向、横向思维相结合的传统。

如今跨学科研究已成为学界新潮流。然而，由于有些概念自身具有滑动性，在进行跨学科研究的时候，概念框架的缺失及模糊之处须引起重视。文学作品的"音乐性"便是其中一个例子。目前文学批评领域对文学作品"音乐性"的研究普遍局限于将音乐性简单地与音乐或者音乐特点相提并论，从而忽略了某种音乐类型产生的历史背景及其经历的文化意义的变迁，这些实则也是"音乐性"的构成因素。本书拟以西方小说为例，对西方文学作品的音乐性进行再审视，以发掘"音乐性"这一概念所囊括的多层维度。

目前国外学者在研究音乐与文学之间的关系的时候，使用的是"音乐性""音乐小说""文学中的音乐"等措辞。国内对音乐与文学之间跨学科的研究中，有少数学者沿用了"音乐性"这个术语，也有学者直接使用"音乐叙事"来概括文学作品中与音乐相关的叙事特色。笔者认为"音乐性"为"音乐叙事"的组成部分，因此下文会用"音乐叙事"来涵盖"音乐性"的概念。

"音乐性"是一种滑动的概念，具有文化编码意义，我们不能简单地将其等同于"具有与某种音乐相似的音乐特征"这层含义。除此之外，"音乐性"还应包括另外一个维度，即某种音乐类型的原初文化痕迹，以及历经时代变迁后沉淀下来的文化符码和历史意义。"音乐性"概念的出现与音乐成为一门独立学科的历史演变有关，其最初指的是音乐的音乐性，这暗含着音乐与其他学科已经区别开来，成为一门独立的学科。从18世纪开始，人们对音乐的一些实验性创作使得绝对音乐，即单纯由音乐本身构成、没有明确标题或文字说明其主题的音乐形式，开始与其他艺术划清界限。在西方音乐美学批评中，绝对音乐常被认为是艺术传统中自立门户的一种形式，它将舞蹈、语言排除在外。因此，音乐美学批评中形成了两种对立的观点：一种认为音乐是有缺陷的艺术形式，因为它缺乏有助于其全面表达自我的表征元素，比如舞蹈或语言；另外一种则认为绝对音乐才是真正的音乐，它能够超越语言的限制，触及超越语言而存在的事物本质。

然而，音乐小说的音乐性只能在非音乐语境下解读，它又该如何被定义？首先，特定音乐形式产生的环境和历史背景是不同的。基于该原因，英国学者艾米丽·克拉普莱指出，"音乐性"概念"常常在文化发生变迁的时候发挥作用，当过去的艺术传统遭受质疑、新艺术形式形成之时，该概念便在人们的争论中变成了一种重要武器，斗争的双方各自挥舞着自己的'音乐性'，以显示自己在对音乐意义和本质的理解上的优越感"。音乐性因而镌刻着原初文化的印痕。此外，同一种音乐类型不仅在横向/共时性层面不同，而且在历时性层面不断经历着变化。某种音乐类型产生之时的原初文化环境，或许与当前我们审视这种音乐形式时所处的历史环境不同。因此，某种音乐形式历经时代洗礼沉淀下来的历史符码、某个特定文化及社会语境中人们给予音乐的意义，都是组成"音乐性"概念不可或缺的重要元素。

笔者以英国作家弗吉尼亚·伍尔芙及美国后现代派小说家 E. L. 多克特罗的作品为例，进一步阐述西方小说的音乐性。

在《弗吉尼亚·伍尔芙日记》中我们可以看到，伍尔芙有自己独特的文学审美观，她认为文学作品一定要有美学价值。她厌恶毫无美感的说教小说，希望文学作品读起来如欣赏音乐作品一样。她对文学作品中美学的重视与19世纪的美学观念密切相关。以伍尔芙的作品《海浪》(*The Waves*)为例，评论家对其音乐性众说纷纭，他们从作品中解读出来的不同音乐风格和类型出现了冲突、相悖的现象，其问题根源便是他们对"音乐性"的理解都源于自身喜好。

那么伍尔芙对音乐性是怎样理解的呢？她认为，音乐性是作者将自己对人生的感悟写入作品时，以哲学思索呈现出来的一种纹样或图案。伍尔芙的作品之所以被人们解读为互相矛盾冲突的音乐类型，实则因为这是她自己的音乐性，它超越了某种特定的音乐风格或单首曲子。伍尔芙认为

第二章 文学作品与音乐的融合

"这些不相融合、看似杂乱的声音,对于更伟大的头脑所造就的更伟大的耳朵来说实则产生了一种和声"。可以说,《海浪》用文字塑造了自己的音乐性。

由此可见,若要理解伍尔芙作品的音乐性,就应对作家的音乐审美观加以考量。但是这在文学批评中少有涉及。很多学者在研究自己关注的音乐时,都将自己对该音乐的观点局限于这种音乐所涉及的以往的音乐、文化和美学实践,他们没有看到伍尔芙的音乐观在重塑旧时音乐上的音乐性。

因此,"音乐性"是一个在音乐、文学、作者及其他领域游走的概念。只有当我们认识到它是一个鲜活、滑动、未被定义的概念时,我们才能正确地领会艺术作品在音乐层面提供给我们的隐含意义,才能正确地定义小说的音乐性这个概念。对音乐性的跨媒介的理解,需要在纵观过去和现在的音乐美学的基础上,对音乐性做出一番跨媒介的内涵辨析。

多克特罗的小说《拉格泰姆时代》选取的故事背景拉格泰姆时代(1897—1917),见证了拉格泰姆音乐(ragtime)的兴衰。拉格泰姆音乐于19世纪末在美国南部和中西部由非裔艺术家发展而来,盛行于20世纪前20年,为1920年左右爵士乐的兴起奠定了坚实的基础,成为爵士乐的源头之一。

拉格泰姆音乐的显著特征是左手为均衡稳定的双拍子低音节奏,右手利用切分音造成强弱拍异位,切分音经常连续出现,旋律节奏变化频繁,形成参差不齐的拍子。正是这种旋律并置塑造了其独特的对比与张力,拉格泰姆曲子因此变得幽默、活泼、欢快,同时造就了拉格泰姆曲子独具一格的多元旋律特色。

多克特罗在《拉格泰姆时代》的创作中,巧妙地将拉格泰姆乐曲节奏明快、切分频繁、断奏、对位等特点融入小说的语言、结构及写作技巧中。小说文字节奏鲜明,从句子、章节到叙事技巧、文体风格都体现出双轨旋律的特点,并折射出一种后现代影像的碎片感。参差不齐的拍子凸显了小说独特的音乐审美价值。欧洲学者维尔纳·沃尔夫在其《小说的音乐化:媒介间性的理论与历史研究》一书中指出,这种文字、结构及叙事技巧上体现出的音乐性,可被概括为"直观呈现模式"的音乐叙事。

除了"直观呈现模式",沃尔夫还提到了跨媒介音乐叙事的另一种"讲述模式",指的是讲述音乐家的故事、塑造音乐家的形象,也包括对音乐做出评论及思索等。《拉格泰姆时代》在呈现充满张力的时代旋律的同时，勾勒出书中小科尔豪斯彬彬有礼的音乐家形象及反击种族歧视引发的悲壮人生故事，彰显了讲述模式的音乐叙事。

与此同时，小说呈现了一种双声道主题的隐性音乐叙事：工业发展的滚滚巨轮之声契合了左手稳定的低音伴奏，而繁荣时代表象下的女权运动、工人运动等事件则呼应了右手变幻的切分旋律。在这右手动荡变幻的音符之中孕育着不变的时代诉求：音乐家小科尔豪斯的抗争实践及社会主义者犹太父亲的温和文化改良的努力，象征着20世纪初美国少数族裔为争取种族平等共存而进行的坚定又持续不懈的努力，再次呼应了左手的稳定伴奏。该隐性音乐叙事与直观呈现和讲述模式的两种音乐叙事也内外呼应。借鉴以上两种分类，这种主题层面的音乐叙事可被概括为"主题模式"。

综上，《拉格泰姆时代》形式与内容层面的音乐叙事内外衔接，相得益彰。读者在散落、拼贴、交错的文本中寻找故事线索，建构出美国20世纪初错综复杂的社会全景图，这样的过程也类似于欣赏乐曲时辨认、顿悟出旋律和主题的愉快体验，小说因此具有了高度的音乐美学价值和历史厚度。

第二节　西方文学与音乐

西方音乐史家在其著作中涉及中世纪的音乐时，似乎习惯于沿用已被广泛接受的观点而通常避免给以精确的定义。然而这些题目涉及的范围可以上溯至基督教时代的开端，去推测新的宗教可能从犹太教堂继承了何种音乐成分，将何种音乐成分加以改革以适应新的需要，或是将何种音乐成分在它流传的过程中从别的环境中直接吸收过来。但是，所有这些充其量只是中世纪音乐的史前史，直到9世纪，音乐才有了可供讨论的实体，理论著作也不再仅仅是古典音乐文献的翻版。

中世纪音乐早期的历史是素歌的历史，教会统治了人们的精神世界，垄断了文化，同时吸收了各类艺术的精华。音乐是宗教生活及宗教文化的组成部分，所有神职人员都必须参加歌唱；许多人还学习出自先人的音乐

第二章 文学作品与音乐的融合

艺术理论知识，作为文科教育的初级科目之一。8至9世纪统一教堂仪式的运动规定统一礼拜歌曲曲目，宗教音乐在此时便成了历史的中心。教会在音乐的保存上发挥了极其重要的作用。首先是各种类型的拉丁文歌曲在9至13世纪期间流传起来，且数量越来越多，其中包括大量的古代诗歌、挽歌、赞美歌、情歌、云游歌和单旋律歌曲。它们的分类是根据不同的题材和乐曲来源资料所属类型而定的，但有一个不容忽视的共同特点，那就是都有很高的文学水平。这归功于当时绝无仅有的文化杰出人物——教士、俗僧和修道士们，甚至还有非正式教士们。这就是音乐的理论和记谱法得以保存的土壤，但对于非宗教音乐，人们却不予重视，不重视到令人吃惊的程度。

在拉丁文歌曲流行的后期，各种民族语言的歌曲也流行起来了。这种歌曲以12世纪初法国南部普罗旺斯吟唱诗人为先导，其题材主要是宫廷生活和骑士的爱情。普罗旺斯的艺术传到了西班牙和意大利，很快也在法国北部吟唱诗人和德国的恋诗歌手中引起了共鸣。由于法国吟唱诗人的诗歌同各种现代文学的起源有密切的联系，因此它的音乐类型也重新引起了人们的重视。1250年以前，世俗歌曲根本就没有曲谱，这种现象导致了人们认为旋律主要是由口头流传的，与歌词相比，旋律居于次要地位，甚至可有可无。

从14世纪起，意大利，尤其是佛罗伦萨的学者，经常说出某个文学家或艺术家的名字，认为其唤醒了某种在"黑暗时代"被湮灭了的古代艺术。1350年左右，薄伽丘提出，是乔托"使得几百年来埋葬在尘垢之下的艺术再现了昔日的光辉"；1400年，佛罗伦萨的历史学家维拉尼在其著作中写道，是但丁"从黑暗的深渊中将诗歌艺术领回到了明媚的阳光之下"。在音乐理论界，坦克托里第一个表达了某些类似的观点，在为其著作《均衡》写的前言中，他引用柏拉图的话来证明古希腊时代的观念，认为关于音乐的科学"至高无上"，一个不懂音乐的人不能被认为是受过教育的人。在他的想象中，音乐的力量能够感动"众神、亡灵、恶魔、群兽，乃至于没有生命的万物"。

15世纪末至16世纪初，复兴的概念更多地从文学和美术中借用过来。到了16世纪中叶，中世纪的观念已经改变，音乐不再是只限于研究音与音之间关系的一门学科。在欧洲人心目中，音乐与诗歌、宗教紧密地联系在一起，并适用于典礼、节日等，进而成为家庭或学校闲暇中的娱乐。

18世纪中叶，与德国北部有关的一种美学观点，属于所谓"感伤风格"的范畴，它追求的是获得一种内在的、多感的和主观的表现；忧郁的泪花是它渴望的反应之一。在文学中，"感伤风格"最有影响的样式是由克洛卜施托克的《救世主》所提供的。它对史诗做了新的解说，以内在主观的事件为主导，外在的戏剧只作为参照而存在。诗人拉姆勒模仿克洛卜施托克写成了受难康塔塔《耶稣之死》。1755年，格劳恩为它谱曲后，该作品立即成为"感伤风格"最主要、最成功的代表。

　　1690年，阿尔卡德学院在罗马成立，成了意大利文学界"古典主义"的中心。它对泽诺和梅塔斯塔西奥进行的歌剧剧本的改革产生了直接的影响。为适应音乐的特殊需要，梅塔斯塔西奥在炼字和修辞方面狠下功夫，他把歌剧体裁分成滑稽和严肃两种，并使后一种风格上升到前所未有的高度。他被认为是歌剧领域内最有影响的楷模。另外，梅塔斯塔西奥的典雅情趣对音乐也产生了莫大的影响。埃克锡梅诺认为是梅塔斯塔西奥的"甜美"激励着意大利作曲家和歌唱家把音乐推向18世纪完美的高峰。阿特亚加把歌剧剧本的改革看成"近代"音乐的开始。当时一些风格各异的所谓现代派，诸如哈塞、约梅利、卢梭、格雷特利和帕伊谢洛等都宣布梅塔斯塔西奥的诗句是他们灵感的主要源泉。典型的是，莫扎特磨炼他的作曲技术就是从为梅塔斯塔西奥的咏叹调配乐开始的，直至创作出《蒂托的仁慈》。伏尔泰认为这部歌剧即使不比古希腊最杰出的作品高明，至少也不相上下。海顿也把他为梅塔斯塔西奥的《无人岛》所配的音乐列为最佳作品。

　　浪漫主义时代的明显标志是本能超越理智、想象超越形式、感性超越理性、狄奥尼索斯超越阿波罗。有人哀叹浪漫主义的发展破坏了崇尚古典时期建立起来的艺术传统，而另一些人则认为这种传统的破坏带来了人们所期望的光明。浪漫主义的一些特色为音乐家的创作提供了具有特色的题材。在所有的艺术中，音乐被大多数画家、诗人和哲学家认为是理想的形式，这种观点在德国最为盛行。在《关于艺术的想象》中，瓦肯罗德尔称赞音乐是艺术的艺术，是首先懂得压缩和固持人心中情感的艺术，是教导我们"感觉、情感"的艺术。他把音乐凌驾于诗之上，认为音乐的语言是两者中更丰富的语言。蒂克比瓦肯罗德尔走得更远，他从音乐中挑选出器乐来，认为只有在器乐中，艺术才是真正自由的，才能摆脱外界的一切限制。由于把对音乐和声的热忱转移到艺术创作方面，蒂克便把化为和声和叮咚之声的诗视作真正的诗、纯粹的诗。他的《美丽的玛格龙的艳史》和《策尔宾诺》就是很好的例证。在前一部作品中，散文部分所写的一切——主人公的情绪和作为背景的风景，都发着音响和回声。伯爵一点也听不见他周围的声音，因为"他内心的音乐淹没了树木的沙沙声和泉水的溅泼声"。但是，这种内心音乐反过来又为真正的乐器甘美的音流所淹没。"音乐像一道潺潺的小溪，他看见娇媚的公主在银色溪流上漂浮而来，看见水波吻着她衣袍的边缘。……音乐现在是唯一的运动，是自然中唯一的生命。"然后，音乐消逝了，"像一道蓝色的光流"，消逝在空无之中，于是，骑士自己开始歌唱起来。

在《策尔宾诺》的"诗歌花园"里，玫瑰和郁金香、雀鸟和蓝天、喷泉和暴风雨、溪流和精灵都在歌唱。在《蓝胡子》里，"花朵相互亲吻，发出优美的声音"。在这种文学中，万物都有它的音乐——月光也罢，香气也罢，图画也罢；我们又读到了音乐的光线、芳香和形式："它们用悦耳的嗓音歌唱，同月光的音乐合着拍子。"看来，浪漫主义者对于物质的现实真是不屑一顾。明显的实体、固定的造型，甚至感情状态的具体表现，都是他们不能接受的。在他们的心目中，有形的一切都俗不可耐。

这个派别的所有名家在这一点上都不谋而合。诺瓦利斯的《夜颂》及其全部抒情诗，都是黑夜和黄昏的诗歌，那种朦胧的气氛容纳不了任何明晰的轮廓。他的心理目标如他自己所说，就是探测灵魂无名的、未知的力量。所以，他的美学主张是：我们的语言必须重新成为音乐，重新成为歌曲。他教导人们，在真正的诗作中，除了情绪的统一，没有任何其他的统一。他说："可以设想故事没有任何连贯但却像梦一样具有联想；诗歌可以和谐悦耳，充满美丽的词句，但没有任何意义和关联，充其量是一些个别可理解的诗节，有如五花八门的碎片。这种真正的诗只能大体上有一种寓意和间接效果，像音乐那样。"就诺瓦利斯来说，诗作的艺术形式毕竟还是规矩的、明确的；而在蒂克笔下，为了适应内容的忐忑不安而又神秘莫测的热望，一切都消失、沉浸在形式的烟幕之中。蒂克写起纯粹的情绪抒情诗来，根本没有形式可言。在他的浪漫主义时期，他缺乏凝练的才能。尽管他大谈其音乐及语言的音乐性，但他在韵律方面的天赋却十分不完善。他的耳朵似乎很不灵便。他填充的十四行诗和意大利歌谣曲体，就像贵夫人在画好图案的帆布上刺绣一样，虽然堆集了许多的脚韵，但诗的意蕴在一大堆"一东二冬"中被淹没殆尽。

舒曼在《克莱斯勒利安娜》中把音乐解释为情绪流露和鬼魂再现，这一尝试同蒂克对于浪漫主义理想的最初理解有着非常密切的关系。不过，舒曼同时具备如此深刻而独特的音乐才能，我们不能只称他为诗人，而应称其为诗人兼音乐家，他在用语言制作音乐这一点上，远比蒂克严肃认真。舒曼生活并活动在音乐之中，他作为作曲家同作为作家一样多产，他的作品大部分是关于音乐和最伟大的作曲家的异想天开的理解。在《克莱斯特的音乐诗俱乐部》中，他用颜色的名称称呼某些音调的特质，借此创作出一系列有连贯性心境的图画。他对于音调和颜色之间存在的亲属关系特别敏感。

在雕刻艺术史上有一个时期，人们嫌石头太重，但却硬要用它来表现轻飘飘的东西。浪漫主义者也同样把语言当作音乐来对待，他们使用语言，着重推敲它的音响，而不在乎它的意义。蒂克的剧体童话，例如《蓝胡子》，事实上和歌剧一模一样，歌剧正好具有浪漫主义者所推崇的那些幻想的、传奇性的特点。作为歌剧作者，蒂克也许很有前途，但他只写过一部歌剧，而且没有配曲。尽管如此，浪漫主义理想总算是在音乐中得到了它应有的权利。舒曼标志了从浪漫主义文学创作到浪漫主义音乐创作的过渡。作为歌剧作曲家，他不仅从音乐上阐释了为浪漫主义者所崇拜的诗人卡尔德隆，而且同当代的浪漫主义者进行过友好的合作。他为勃仑塔诺的《快乐的音乐家》、扎哈里亚斯·维尔纳的《东海上的十字架》配过曲，还十分成功地将福凯的《涡堤孩》改编成三幕歌剧。他在用音乐语言翻译诗的内容方面更是才华横溢，被称为音乐诗人。

在用音乐表达浪漫主义艺术理想的作曲家中，韦贝尔是最卓越的一位。他选择的题材紧步浪漫主义者的后尘。在《普赖西欧莎》中，无拘无束的流浪生活备受颂扬。《奥伯龙》则使读者陷入从莎士比亚的《仲夏夜之梦》发源的那个十足的魔境，莎士比亚的这个剧本显然就是韦贝尔所有幻想喜剧的出发点。在《神枪手》中，韦贝尔终于像后期浪漫主义者一样，力图以国粹为艺术手段，像法国和丹麦的浪漫主义者一样采用民间曲调，吸收民间传说和迷信。韦贝尔按照浪漫主义者处理题材的方式来处理他的题材，显得比浪漫主义者更有才能。像浪漫主义者喜欢把语言抽象地看作声音和韵律一样，韦贝尔喜欢把音乐抽象地看作韵律，从而把他的艺术引向了一个极端。如果说贝多芬提供了一幅纯心灵的图画，什么客观的东西都没有表现，只表现了他自己的灵魂，那么韦贝尔则提供了物质的特征。他在题材方面一向信赖鲜明的外观,信赖人们一开始就有一个概念的东西。除《田园交响乐》外,贝多芬只描绘印象,韦贝尔则描绘事物本身。他模仿自然的声音,通过让小提琴飒飒作响来表现树林的飒飒声;月华初上时,他用和声来暗示和描绘。他以自己的天赋音乐和更适合音乐的表现方法,在音乐上弥补了浪漫主义诗人的不足。

浪漫主义文艺思潮在各个国家有各种不同的表现,在共同的特点中各有侧重,音乐方面也随之而不同。在意大利,浪漫主义与政治密切相关,与意大利的统一密切相关;在英国,由于它的音乐传统主要是世界性的,其最大的贡献在于诗、文艺评论和绘画,如拜伦树立了欧洲浪漫派神话的形象,司各特是浪漫传奇的大师;法国的浪漫主义主要在音乐、绘画、戏剧中表现"英雄";而在德国,正是韦贝尔在音乐中第一次生动地表达了浪漫主义的情绪,而且由于他戏剧艺术技巧娴熟,树立了将几种艺术统一起来的榜样,为艺术家瓦格纳开辟了达到浪漫主义顶峰的道路。

瓦格纳是德国19世纪后半叶伟大的音乐家,他把文学的因素引进音乐,把传统的西方舞剧改编为乐剧。在乐剧中,剧本的文学性和曲谱的音乐性居于同等重要的地位。他把乐剧作为一种综合性的艺术形式,把诗歌、姿态、动作、色彩和音乐紧密结合在一起,创造出伟大的作品。因此,乐剧的欣赏者不再是传统歌剧音乐会的听众,而是进行综合性审美活动的"观众、听众"。他用宏大的"心理体裁"来代替歌剧的传统体裁,乐剧的构成强调文学的戏剧性而不是严格遵守音乐的形式规范。他废除了传统歌剧中形式化的序曲,而代之以暗示剧本内容的前奏曲。除了传统歌剧的宣叙调和抒情调,他还用特殊的器乐法和主导动机来代替人物和事物,把主导动机组成旋律的网络,通过主导动机的变化来取得结构上的统一。

最早把音乐的因素引入文学的是法国象征主义派的诗人。在某种意义上,象征主义运动可以说是诗歌受音乐影响的运动。T. S. 艾略特在《论"诗的音乐"》一文里,明确论述了研究音乐可以给诗歌带来的好处:

"我认为诗人研究音乐会有很多收获……我相信,音乐当中与诗人最有关系的性质是节奏感和结构感……使用再现的主题对于诗像对于音乐一样自然。诗句变化的可能性有点像用不同的几组乐器来发展一个主题;一首诗当中也有转调的各种可能,好比交响乐或四重奏当中不同的几个乐章;题材也可以做各种对位的安排。"

艾略特的这段论述不禁使我们想起他的著名组诗《四个四重奏》。这组诗由四首诗构成，每一首诗都以一个与人的全部经验中某一相关的地方命名。诺顿、东利克和小吉丁都是英国乡村的名字，萨尔维奇斯则是靠近新英格兰海岸的一群岩石。每一首诗都分成具有自己内在结构的五个乐章。

第一乐章包括陈述和反陈述，类似于严格奏鸣曲式的一个乐章中的第一和第二主题。第二乐章以两种不同方式处理同一个主题，就像听同一旋律用不同的两组乐器来演奏，或者配上了不同的和声，或者听见这个旋律被改为切分节奏，或者被改成各种复杂的变奏一样。第三乐章与音乐的关系较小。第四乐章是一个简短的抒情乐章。第五乐章再现诗的主题并有对个别人以及对整个主旨的具体发挥，还解决了第一乐章中的矛盾。

这组诗具有明显依照音乐形式原则的结构，其中意象、象征和某些词句的重复使之获得了更深的、扩展的意义。艾略特本人也描述了这种"意义的音乐"，但没有特别提到《四个四重奏》。他写道：

"词的音乐可以说是在一个交叉点上：它的产生首先来自它与前后各个词的关系，与它内容的其余部分的关系，而且还来自另一种关系，即在特定上下文中这个词的直接意义与它在别的上下文中所有的其他意义之间的关系，与它的或多或少的联想之间的关系……我在这里的目的是要特别指明，一首'音乐性的诗'就是这首诗具有音乐性的声音，构成这首诗的词汇具有音乐性的第二层意义，而这两种音乐性是统一不可分割的。"

《四个四重奏》中除了对音乐结构和主题材料的处理，艾略特在意象处理中还利用了另一个与音乐相类似的因素，这些意象在它们的上下文中或在与其他反复出现的意象的联合中，不断以变化的形式反复再现，正如音乐中一个乐句以变化的形式反复再现一样。当我们第一次接触到这些意象和象征的时候，它们似乎很普通、很明显而且很平常，但是，在它们重新出现时就发生了变化，好像我们听见一个乐句用另一种乐器演奏出来，或转成另一个调，或与另一个乐句糅合在一起，或以某种方式转化、变换一样。

瓦格纳的乐曲和艾略特的诗歌证明了音乐和文学相结合的可能性。后来的意识流小说家之所以大量地借鉴音乐技巧，显然是因为受到了瓦格纳乐剧和象征派诗歌的影响与启发。

自从爱德华·迪雅丹于1887年发表《月桂树已砍尽》以来，一些小说家结合音乐技巧来描写人物的意识流程。他们首先是把音乐的主导动机化为一种小说技巧，用来暗示一再出现的人物或场景主题，创造出一种循环往复的气氛；其次是在小说中模仿音乐的对位法，以形成线交叉的复调叙述，表达复杂的时空关系；然后，按照音乐曲式学的原理，构筑整部作品或某一章节的结构框架；最后是借鉴音乐的节奏感和旋律美，追求音乐的交响效果。

瓦格纳乐剧中乐队奏出的音乐，是由简洁的主题构成的，这种主题就是主导动机，瓦格纳把它们称为基础主题。在传统的西方歌剧中，一个角色登场，要用半唱半白的"宣叙调"自报家门，说明身份。如果听众不懂剧本所使用的文字，如意大利语，就会觉得念白部分冗长腻味而不得要领。瓦格纳就在乐剧中使用主导动机来弥补语言的不足。所谓主导动机，就是用一个特定的、反复出现的旋律来表现某个角色的性格。例如在《尼伯龙根的指环》中，有一个用号角吹奏出来的主导动机。开始时，听众只感到这个主导动机是一个优美悦耳的乐句，并未领会它的特定意义。由于男主角齐格飞登台时用号角吹奏了这个主导动机，经过几次反复地出现，这个乐句在听众心目中就和齐格飞产生了直接的联系，观众知道这个乐句就代表着齐格飞。以后每当乐队奏出这个乐句时，即使齐格飞本人不在舞台上，听众也会立即联想到齐格飞和他的号角。

迪雅丹在他的小说中借鉴了音乐的主导动机。他充分考虑到音乐和文学这两种艺术之间的根本区别，同时充分意识到音乐的某些手法通过改造可以用来丰富文学。主导动机是小说家经常使用的小说手法。迪雅丹所使用的主导动机，是一些只有两三个词儿的短语，它们贯串在《月桂树已砍尽》一书男主人公丹尼尔·普林斯的内心独白中。迪雅丹把主导动机当作一种文体风格的修辞手段，其目的是把那些短语醒目地插入叙述。它们重新唤起了独白者对一些往昔感受的回忆，这些已经被遗忘的情景又重新回到他的意识之中，使他曲折迂回的意识染上了浓厚的感情色彩。

普鲁斯特在小说的开端部分使用主导动机来暗示某个主题，然后在叙述过程中不断回到这个主题上，这给人一种循环往复的感觉。他的《追忆流水年华》第一卷《在斯旺家那边》开端部分凡德伊奏鸣曲中的小乐句，就是把主导动机作为主题构成因素的最佳例证。斯旺结识了交际花娥岱特，在韦杜兰夫人的沙龙上，他听到钢琴家在演奏作曲家凡德伊的奏鸣曲，在旋律的展开过程中，他清晰地分辨出有一个小乐句，超出其他音波的回荡，持续了若干瞬间，而就是在这样的音乐中，他对娥岱特的感情起了变化。在瓦格纳的乐剧《尼伯龙根的指环》中，只要那个由号角吹奏的主导动机一出现，听众就会联想到齐格飞。在普鲁斯特的小说中，凡德伊奏鸣曲中的小乐句也是如此，只要它一出现，读者就会联想到斯旺以及他和娥岱特之间的爱情。每当普鲁斯特觉得他有必要重新渲染当初斯旺和娥岱特在热恋之中的那种气氛时，他就一再使用凡德伊奏鸣曲中的这个片段。这个小乐句具有它自身的生命力，它的生命力甚至超越了书中人物的寿命。在斯旺逝世之后，这个小乐句在叙述者马塞尔的心目中还重新浮现过。

主导动机到了乔伊斯手中，既是一种结构因素，又是一种修辞因素。换言之，乔伊斯已在他的作品中把迪雅丹和普鲁斯特二人的风格熔于一炉。在《尤利西斯》中，他分别使用了意象、象征和词语三类主导动机，其中有许多词语的微妙组合。因为乔伊斯是语言学家，所以在这方面其他作家都望尘莫及。在他的作品中经常出现词语的主导动机，这给不具备充分外语知识的读者增加了理解上的困难，也使翻译家感到异常棘手。所以美国著名学者哈利·列文在《詹姆斯·乔伊斯》中称"他善于玩弄以词组表达感情的把戏"。

伍尔芙在《雅各之室》《达罗威夫人》《到灯塔去》《海浪》和《幕间》等作品中，都使用了主导动机。伍尔芙虽然懂得希腊语、拉丁语，但她不是语言学家，不会像乔伊斯那样热衷于双关、谐音、一词多义等语言知识，她使用的主导动机以象征意象为主。在她的小说中，视角频繁转换，人们的意识流互相交织，这些特殊的象征作为一种标记，帮助读者把各个人物的内心独白一一区分开来。

福克纳也经常使用主导动机，在《喧哗与骚动》的第一、二部分中，就有许多例证。第一部分，在班吉的意识中，他的姐姐凯蒂身上有一种树木的香味。凯蒂失去贞操后，班吉发现姐姐身上那种树木的香味消失了。他茫然若失，已找不到原先的姐姐了，因此号啕大哭。班吉的意识中没有贞操这个概念，树的香味就是贞操的象征。第二部分，在昆丁的独白中，钟表是一个经常出现的主导动机。昆丁痛恨钟表、回避钟表，因为钟表的嘀嗒声记录了时间的流逝，而随着时间的流逝，庄园主失去了昔日的荣华富贵，他失去了心爱的妹妹，妹妹的贞操也是庄园主家族荣誉的一部分。试图阻止可怕的时间流逝，昆丁拆卸了钟表的指针，最后索性连钟表都砸坏了。这个象征的主导动机成了这个心理变态人物内心意识的标记。在这本书的下部分中，除了钟表，还有结婚告示、收场、钟声等象征的主导动机，它们共同组成了小说结构框架的一部分。音乐对于现代小说结构形式的影响，无疑要比用词汇的对位来代替音符的对位这种修辞方法更重要。因此，小说家都热衷于仿效音乐的循环运行方式，而不是模仿其音符的对位与叠加。即使有时候作家们也会步乔伊斯的后尘——使用词汇的对位作为风格化的修辞手法，但他们往往同时采用音乐的曲式结构，一般是采用赋格曲式或奏鸣曲式。所谓奏鸣曲是指用乐器演奏的曲子。海顿之后的奏鸣曲一般有四个乐章，其中第一乐章的结构形式最为严密，称为奏鸣曲式。现代小说家所借鉴的就是这一乐章的奏鸣曲式，而不是四乐章的奏鸣曲整体。

意象派诗人庞德把乔伊斯的《尤利西斯》描写成一部具有第一主题、第二主题、汇合、展开、终曲（再现）的奏鸣曲式作品。伍尔芙的代表作《到灯塔去》更是小说中使用奏鸣曲式的典型例子。

《到灯塔去》的第一、二、三部相当于奏鸣曲式的呈示部、展开部和再现部。第一部是呈示。拉姆齐夫人温柔慈爱的性格是第一主题，父子、子女、宾客之间的矛盾、纷争，以及拉姆齐夫人以其自身人格的力量来消除矛盾、创造和谐的气氛是第二主题。第二部是主题的展开。在战争期间，拉姆齐夫人死去，子女、宾客离散，寂静和死亡战胜了爱情与和谐，与呈示部形成强烈的对比。第三部是主题的变奏和再现。第一主题的再现是拉姆齐夫人的精神光芒不灭，她的形象时时在亲友心中浮现。第二主题是父亲与子女的矛盾，以及宾客莉丽小姐心中的困惑，使读者得出了爱战胜死亡，和谐战胜矛盾的结论。这样的结构安排，在对比和匀称的基础上，体现了奏鸣曲式独特的形式美。

小说家并非都精通音乐，所以他们对音乐的借鉴也有程度上的不同。迪雅丹对于瓦格纳的艺术成就十分钦佩，他是"瓦格纳式的轻歌剧"的提倡者。然而他似乎对瓦格纳的乐剧理论更为关注，因此对瓦格纳的创作实践进行了深入探讨。普鲁斯特只不过是一位出入贵族沙龙的音乐爱好者，因此，他对于音乐的借鉴仅仅局限于主导动机的运用。伍尔芙对音乐的确有相当精辟的见解，她在小说中使用音乐的曲式结构是完全自觉的。乔伊斯不仅是一位小说家，还是一位语言学家和音乐家。他是一位出色的男高音歌手，曾在国家音乐节歌咏比赛中获得过铜质奖章。他在1932年发表的

《一位被禁止出版的作家给一位被禁止演出的歌手的信》，就是为祝贺男高音歌唱家约翰·沙利文演出成功而写的。他在信中花了不少笔墨讨论歌剧的音乐问题。伍尔芙和乔伊斯对于音乐的借鉴不仅局限于主导动机，他们还借用了奏鸣曲和赋格曲的结构形式。福克纳之所以采用赋格结构，显然是受到乔伊斯、伍尔芙小说启发的结果。

索克尔认为，艺术中所有现代主义的表现形式都只不过是运用了"音乐的原理"，而表现主义则是一种"已存在的或最早存在的现代主义形式"。显然这是"音乐化"运动的典范。因此，按照这个观点，"音乐的表现主义"是一个具有广泛共鸣的术语，20世纪是一个所有艺术都在探索新的表现形式方面追求音乐地位的世纪。

第三节 古典文学与音乐

"生命消逝了。肉体和灵魂像波浪滚滚而去。岁月在老树的肉体上刻下了年轮。整个有形的世界都在除旧迎新。只有你，不朽的音乐啊，不会随波而去。你是内心的海洋。你是深刻的灵魂。"这是法国著名文学家、音乐家罗曼·罗兰关于音乐不朽的论述。音乐是人类社会最早产生的艺术之一，是人类最亲密的东西，所以在人群生活中发展得最早，在生活里的势力也影响最大。音乐与文学从表面上看是两种截然不同的艺术门类。音乐是通过音响的组合达到表现的目的，而文学的表现目则是通过语言的手段去达到的，但语言与音响在表现形态上是有某种一致性的，这些都是通过声音来展示的。悠扬的旋律、庄严的音调、明快的节奏，使人振奋……音乐是用音响塑造形象的，是通过情感来表达、反映生活的，是诉诸人们听觉的一种时间艺术，故音乐家们说它是流动着的图画、感情气质的光，文学家们说它是用时间组成的抒情诗篇。

孔子这位被历代儒学者尊崇的圣人，不仅是一位大文学家、政治家，而且是一位大音乐家。他在齐国听到《韶》这种乐曲后说："三月不知肉味，曰：'不图为乐之至于斯也'。"孔子极其简单又精确地说出了乐曲构造的内涵所在。由此可见，这不仅是孔子文学修养的再现，更重要的是他音乐修养的升华。孔子晚年，"自卫反鲁，然后乐正，《雅》《颂》各得其所"。他精选、整理了三百篇民歌，而且合于《雅》《颂》的歌曲。这就是被历代文人所尊崇的《诗经》。孔子对后世的贡献是巨大的。他一生重视音乐，甚至把自己的生活都音乐化了。所以孟子赞孔子是："孔子，圣之时者也。孔子之谓集大成。集大成也者，金声而玉振之也。金声也者，始条理也；玉振之也者，终条理也。始条理者，智之事也；终条理者，圣之事也。"

欣赏音乐是借助声音来描绘音乐形象的，人们把听到的乐曲用语言描绘出来，让没有听到的人读了有身临其境的感觉，能够领略到乐曲的特色，感受到乐曲的妙处，这是很不容易的。巧妙地运用比喻，是描写音乐普遍采用的一种手法。对这一点有两种表现形式：一种是以形喻声，一种是妙语点睛。以形喻声这种方法，是用大家熟悉的、类似的声音做比喻，如白居易的《琵琶行》便是其中一例。

《琵琶行》是唐代诗人白居易的著名长诗。唐代美妙动人的音响已绝千载，正是靠诗人的描写才得以复苏。从《琵琶行》这首诗的全貌来看，白居易不仅是一位诗人，还是一位音乐大师。他在《夜琴》一诗中曾这样自述道："调慢弹且缓，夜深十数声。入耳澹无味，惬心潜有情。自弄还自罢，亦不要人听。"他自认为是"爱琴、爱酒、爱诗客"，并称琴为"益友"。他在《北窗三友》诗中写道："今日北窗下，自问何所为。欣然得三友，三友者为谁。琴罢辄举酒，酒罢辄吟诗。三友递相引，循环无已时。"由此可知，白居易不仅把音乐看作是陶冶情操的工具，而且把音乐作为良师益友。白居易不仅能弹琵琶、古琴等乐器，还特别喜欢欣赏别人的弹奏和歌唱。在他的诗集中，直接以"听"字为题目的诗就有许多，如《听田顺儿歌》《听李士良琵琶》《听夜筝有感》《听芦管》《听弹古渌水》等。元稹《琵琶歌》里的"泪垂捍拨朱弦湿，冰泉呜咽流莺涩"，李绅《悲善才》里的"秋吹动摇神女佩，月珠敲击水晶盘"，也都是喻声的。

"大弦嘈嘈如急雨，小弦切切如私语。嘈嘈切切错杂弹，大珠小珠落玉盘。间关莺语花底滑，幽咽泉流水下滩。"大弦的嘈嘈和小弦的切切，到底是什么样的音响？读者很难想象。而比之于急雨，比之于私语，比之于大小珍珠坠落在玉盘中发出的声音，读者就可以感受到琵琶所弹出的美妙声音了吧！诗里还用了"间关莺语花底滑，幽咽泉流水下滩。"来比喻曲调的流转和凝涩，用"银瓶乍破水浆迸，铁骑突出刀枪鸣。"来比喻曲调的高亢嘹亮，白居易用这些描述把琵琶的声音描写得淋漓尽致。以声喻声，不在于声音的完全相似，关键是让读者联想到音乐的美。在白居易的音乐诗歌中，他所描写的音乐是富有特色和创造性的，他不是简单地利用形象的事物来做比喻，他的独到之处就是以字像声，使得诗卷上仿佛有音符在跳动，真的令人叹为观止，这也体现了白居易评乐品诗的高雅兴致，以及其拟声摹艺的极高的音乐修养。

　　白居易一生写了纯音乐方面的诗二十多种，近五十多首，这不仅是对文学的一大贡献，而且为后世留下了一笔研究了解唐代文化艺术的资料和财富。一种是以形喻声，听到某种音响，联想到某种类似的形体，用文字做这种类似的形体，并比喻此形体。以诉诸视觉的东西比喻诉诸听觉的东西，这种情况可以算是一种"移觉"的比喻方法，就像马融在他的《长笛赋》中说的那样："尔乃听声类形，状似流水，又象飞鸿"，也正如嵇康在《琴赋》里描写的那样："状若崇山，又像流波。浩兮汤汤，郁兮峨峨。"琴声是听得到的，而"崇山"和"流波"是可以看得见的。感觉的转移，并不使人感到别扭，反而增强了音乐的形象感。

　　除上述外，刘鹗的《老残游记》第二回《明湖居听书》里描写白妞的唱腔运用的便是这种形式。如唱腔越拔越高，"像一线钢丝抛入云际"，其纤细而遒劲可想而知。写唱腔节节高起，"恍如由傲来峰西面，攀登泰山的景象：初看傲来峰削壁千仞……及至翻到傲来峰顶，才见扇子崖更在傲来峰上；及至翻到扇子崖，又见南天门更在扇子崖上：愈翻愈险，愈险愈奇！"这里刘鹗把登泰山的体验"移"到了对艺术家白妞唱腔的欣赏上，使我们不难领略到唱腔一叠高似一叠带来的震撼，以及每叠唱腔都有与众不同的新奇境界。写唱腔陡然低落，"如一条飞蛇在黄山三十六峰半中腰里盘旋穿插，顷刻之间，周匝数遍。"读者仿佛感觉到唱腔化成一条飞蛇在崇山峻岭间游走，实为惊叹。

　　描写音乐，除了较多地运用比喻，还可以运用妙语点睛的手法。如刘鹗的《老残游记》第二回《明湖居听书》中就是运用的这种手法。写白妞开始唱的情景，"声音初不甚大，只觉入耳有说不出来的妙境：五脏六腑里，像熨斗熨过，无一处不伏贴，三万六千个毛孔，像吃了人参果，无一个毛孔不畅快。"由此看来，作者是在讲自己听艺术家白妞演唱时的亲身感受，在这里只不过使用比喻罢了。

　　描写音乐有时也可以采用传神写幻的手法，不借助比喻，也不借助解说，而是着眼于对乐曲的理解，作者根据所受到的音乐感染，把在头脑里构成的种种迷离恍惚的虚幻境界描绘出来,引导读者做幻境的漫游,从而领略音乐的妙处。如唐代大诗人李贺的《李凭箜篌引》中:"女娲炼石补天处,石破天惊逗秋雨。梦入神山教神妪,老鱼跳波瘦蛟舞。吴质不眠倚桂树,露脚斜飞湿寒兔。"对音乐的描写采用的是陪衬烘托的手法。不从音乐本身着笔,而是用听觉的反映来衬托。如《明湖居听书》中写了许多听者的议论。听完了白妞说书,有位"梦湘先生"议论道:"当年读书,见古人形容歌声的好处,有那'余音绕梁,三日不绝'的话,我总不懂……及至听了小玉先生说书,才知古人措辞之妙。每次听他说书之后,总有好几天耳朵里无非都是他的书,无论做什么事,总不入神,反觉得'三日不绝',这'三日'二字下得太少,还是孔子'三月不知肉味''三月'二字形容得透彻些!"这位"梦湘先生"就是《檗坞诗存》的作者王以敏(1855—1921),曾与刘鹗同在山东巡抚幕中,待他说过,"旁边人都说道:'梦湘先生论得透辟极了!于我心有戚戚焉'。"从听众充满感情的赞语中不难看出白妞的演唱是有一定的魅力的。

　　以上两种手法是古典文学作品中描写音乐时常用的两种手法。除此之外,对音乐文学之间的常用术语与典故更需了解。如"下里巴人"与"阳春白雪""四面楚歌"之间的关系。

　　提起"下里巴人",人们马上会与"阳春白雪"来对举,这两个词常用来比喻通俗与高雅的两种不同的音乐和文学作品,是音乐和文学方面的常用术语。

　　"下里巴人"一词最早应见于《战国策·宋玉对楚王问》一文中,记载有人在楚国国都郢都(今湖北江陵西北)唱"下里巴人"歌曲。所谓"下里巴人"顾名思义就是巴族人民在生活实践中所创作的歌曲。

　　根据考古学者和有关资料的记载,巴人的祖先最早居住在今湖北清江流域和长阴县一带,后居住今重庆一带。所以"下里巴人"的歌曲在楚国,人人皆能咏唱。

　　四川古称巴蜀,巴蜀原指的是两个古老的民族名称。春秋战国时巴族以重庆一带为中心,建立了自己国家;蜀人以成都一带为中心建立了自己的国家。公元前316年秦国出兵灭掉了巴蜀,在这里设郡,巴蜀便成了地名,明万历年间改名为四川,并一直沿用至今。故在记载中,巴蜀既是种族名称,又是地理名称。巴族是一个能歌善舞的古老民族,他们的音乐及其艺术的产生与发展,应是在古老的原始社会伴随人类与自然界的共存之中。他们的音乐舞蹈内容无疑是反映劳动人民生活现实的。早在春秋战国时期，巴族的民歌就相当驰名，其歌曲的驰名原因，主要与巴族人民的勤劳分不开。他们不仅在生产劳动中改造了自然，武装了自己，更重要的是他们用自己的智慧发展创造了本民族的艺术文明。

"客有歌于郢中者，其始曰《下里》、《巴人》，国中属而和者数千人……其为《阳春》、《白雪》，国中有属而和者，不过数十人……"所谓"客"乃"外来人也"，在楚国国都郢城唱《下里》《巴人》的歌曲，而与他一起合唱者有数千人；但在唱《阳春》《白雪》时，和者却只有数十人。从这里来分析，《下里》《巴人》的歌曲是当时一种流行在楚国的歌曲，而且它与汉楚相争时的"四面楚歌"有着密切的联系。

我们都知道，项羽的部队大部分人都是楚国的巴族人，"项王军壁垓下，兵少食尽，汉军及诸侯兵围之数重。夜间汉军四面皆楚歌，项王乃大惊曰：'汉皆已得楚乎？是何楚人之多也！'"刘邦用政治攻势再战。如果说刘邦的军队唱的不是巴人的歌曲，也不至于让项羽有这样大的反应。所以说"下里巴人"的歌曲与"四面楚歌"的歌曲有极密切的联系。

我们再从另一个角度来看"下里巴人"与"四面楚歌"的关系。"下里巴人"这一名词最早出现在《战国策·宋玉对楚王问》中，是出于楚国名士宋玉之口。那么"四面楚歌"这一词却是出于楚汉之战。宋玉生卒年代不详，但我们可以间接地得知他的老师屈原的生卒年代，约公元前340年—公元前278年。而"四面楚歌"中的楚霸王项羽的生卒年代则是公元前232年—公元前202年。由此可见，"下里巴人"与"四面楚歌"这两个词的出现仅隔七十多年。

根据以上的资料记载，"下里巴人"这一词并非歌曲之名，这与"巴"字既是族名，又是地名一样。"下里巴人"是一种概括性的、广义性的词句，如要狭义地讲，它是指巴族的歌曲，并非指《下里》《巴人》两支曲的名称，故《辞海》中引用李周翰注："《下里》《巴人》，下曲名也"，故认为它是两种不同的曲名有点不切合实际，是缺乏细致的推敲和研究的。

我们在阅读古典文学作品和欣赏京剧时，常遇到带有"令"的词牌和曲牌。如"十六字令""浪淘沙令""调笑令""探春令""六么令""哪吒令"等。殊不知，这些带有"令"的曲牌和词牌，与唐时的酒文化中的"酒令"有着一定的关系。

唐代一些士大夫阶层的文人骚客，常在歌舞席宴上利用流行的时调小曲填上词当作酒令使用，以唱歌劝酒，如"劝君更进一杯酒"。据北宋刘攽在《中山诗话》一书中载："唐人饮酒，以令为罚。韩吏部诗云：'令征前事为。'白傅诗云：'醉翻襕衫抛小令'，今人以丝管讴为令者，……大都欲以酒劝。""小令尊前见玉箫。银灯一曲太妖娆。歌中醉倒谁能恨，唱罢归来酒未消……"久而久之，这类小曲在当时被广泛流传开来，被称为"令曲"或"小令"。

在唐代小令的曲名前，不加"令"字，而是加"子"字。据《乐府杂录》曰："隋唐以来，曲多以子名"。因为唐人有个习惯，常把物之小者称"子"，所以也在当时流行在酒宴上的小曲加以"子"字。如《吴吟子》《南乡子》《破阵子》等。也有一些以流行在某地域的民歌为名的，如《酒泉子》，它是流行在酒泉一带的小调。再如，以渔民民歌为令曲的《渔歌子》等。而小曲与曲子也有所区别。曲名后加有"子"的是当时较为流行的歌曲，而在曲名前冠以"小"的却是不太流行的令曲，如：《小秦王》《小长寿乐》《小春莺啭》等。

关于曲名后加"令"字，是五代以后出现的，这时的文人、士大夫阶层，善于专攻小令，不善于长调，又喜欢酒宴间的令曲。故这时的令曲又有了新的发展，它与近体诗形式相近似，而唐代的五、七言诗协乐，已初步演变为长短句。由于令曲有了新的发展，文人骚客作诗时特别注重讲究声律对偶，因此就连民间的小曲也被文人按格律限制引入了文坛。

到了宋代，由于士大夫阶层及文人们，常常燕居之暇，留恋风景，寄情于歌舞声色，而活跃在他们宴席上的令曲成了流行歌曲，这时的小令则全被改为"令"。后来因词与曲分道扬镳，"令"便成为文学、音乐的一种体裁形式，并存于两种不同形式的艺术中。

所谓散曲是流行在元代的一种艺术歌曲，它是用音乐的形式来抒情、写景、叙事的一种清唱形式，是"契丹、女真、蒙古等少数民族传来马上弹奏的歌曲，和河北、辽东等地慷慨悲歌的曲调相结合"，而形成的一种"新的诗体——散曲"。据王骥《曲律》记载："渠所谓小令，盖市井所谓小曲也。"由此可见，它不仅是由一个曲牌独立使用的曲调，还有着鲜明的民间风格和地方色彩。由于音调与口语的巧妙配合，散曲的表演形式又是以清唱为主的，常用丝竹乐器伴奏，表演场合则在青楼、茶肆及私人宴会上，故词曲极易吟唱。如奥敦周卿的散曲《双调·蟾宫曲》中的"上有天堂，下有苏杭"，在当时就极为流行。

西湖烟水茫茫，百顷风潭，十里荷香。宜雨宜晴，宜西施淡抹浓妆。尾尾相衔画舫，尽欢声无日不笙簧。春暖花香，岁稔时康。真乃上有天堂，下有苏杭。

散曲词的最大特点是：大量地使用口语，可这种语言又倾向于通俗性。再加上西子湖的"雨云""烟水""荷香""画舫"，这美丽的景色风光，衬托着轻歌曼舞的"岁稔时康"，更使得"上有天堂，下有苏杭"的辞藻富于生动活泼、华丽绝妙、回味无穷……

综上所述，文学艺术和音乐艺术是两种不同形式的艺术，但它们却同出一源，因此，我们要想把我国五千年的历史文化了解清楚，就必须从各个方面对中国的古典文学、音乐，对各个时期的重要人物进行深入细致的学习研究，如屈原、宋玉、司马相如、蔡邕、曹植、李白、杜甫、元稹、刘禹锡、王昌龄、王维、苏轼、欧阳修、关汉卿、孔尚任、蒲松龄、田汉、欧阳予倩、老舍、鲁迅等。古今中外这众多的艺术家，都是艺术的多面手，他们精于音乐，有的甚至是行家，他们凭着音乐的启示和灵感，写出了尽善尽美的作品。虽然各类艺术都有不同的特点和形式，但它们都有着十分密切的联系，甚至是起源于同一家族。所以音乐、文学是相互渗透融合、彼此相通借鉴的艺术形式。因此要想成为一个文学家，就要有音乐艺术的素养，这对以后文学才华的形成与发展无疑是有好处的。反过来讲，音乐家们也更应当多读一些古今中外的文学名著，努力加强文学方面的修养，更大限度地发掘出自身的艺术才华，深化和丰富音乐创作的思维。

第四节　音乐的功能与作用

美国著名生物学家和散文作家刘易斯·托马斯（Lewis Thomas）在其《细胞生命的礼赞》中有这样一段话："如果说，语言处在我们社会存在的核心，把我们聚拢在一起，用意义的大厦覆蔽着我们，那么，也可以同样有把握地说，美术和音乐乃是那同一个遗传决定的普遍机制的作用。"托马斯的这段话启发我们进一步去想象和思考。他从生物学的意义来看语言和艺术之间的关系，那么，我们可以做这样的推论，语言如果具有这样的功能，那么它就像是有生命的生物。这不只是抽象的比喻，因为，词就如同语言的细胞，不同的细胞组织在其中有着不同的作用和功能，它们使语言的机体活动起来，使语言具有了生命力。如果托马斯所说的"音乐乃是那同一个遗传决定的普遍机制的作用"是真实的，那么，音乐也就具有了同样意义上的生命力。再来看一个类比现象。

英文中有一个词 stigmergy，这是一个在一般英汉词典中查不到的新词。它的解释是蚁的建筑巢穴的行为。在实验中，我们观察到这样一个现象：一群蚁被安放在一只盛满泥土和木屑的盘子里，开始时，它们各奔东西，毫无目的地将土粒和木屑拿起放下。不久，碰巧几颗土粒木屑堆叠在了一起，蚁群东奔西走的场景立刻发生了根本性的变化。它们对那几颗土粒木屑堆成的小柱产生了极大的兴趣，发疯般地往上堆加土粒木屑，达到一定高度后，等待着别处的柱子完工，然后，再开始新的作业。让人惊叹的蚁穴就是这样建造而成的。蚁穴像是一个完整的机构，其中具备通风、清洁、养育、捕捉甚至种植等条件。因此，蚁穴可以维持长达 40 年之久，蚁群在其中生生死死，代代相传。然而，蚁并不是独立的实体，事实上，它们更像是某一个动物身上的一些部件，是活动的细胞，通过一个密致的、由蚁群组成的结缔组织，在一个由枝状网络形成的母体上循环活动。

蚁群建筑巢穴的行为与前面讲到的语言和音乐的生物性是很相似的。所以，托马斯在接着以上所引的议论之后说："大家一起做这些也不算坏事。……因此我们就成了群居性生物，就跟蚂蚁一样。"

从以上的文字中笔者想到这样一个问题：严格地说，托马斯将人类与蚂蚁进行类比是不恰当的。尽管在作业的方式上两者有相似之处，但是，人与蚂蚁的最大区别是人有思想。然而，蚁群的筑巢行为与音乐的生物性却是可以类比的。这种类比主要体现在它们的功能性上。音乐有其自身的生命力，但是，它却不能单独存在。它存在的价值全然有赖于滋养它或者说它为之服务的更大的生命体。我们可以把一个社会和一种文化看作是这种"更大的生命体"，音乐就是其中的零部件，为它的"更大的生命体"工作。

把音乐"生物化"，是不是在将"功能主义"的老调重弹？或者说是有"社会达尔文主义"的影子？回答是否定的。

阐述音乐的功能作用不等于观念上的"功能主义"。"主义"是一种学说、一种理论或一种思想，而阐述音乐的功能作用是解释音乐中的某一种文化现象。这就像音乐的比较方法和"比较音乐学"完全是两回事一样。比较的方法始终是有效的，没有比较就没有区别，这是学术讨论中的一种研究方法和手段，不是目的。"比较音乐学"不是方法而是一种观念，是当时"欧洲中心论"在音乐文化研究中的翻版。最终被不带文化偏见和没有文化价值判断的民族音乐学所替代。一样的道理，对音乐功能作用的探讨绝非"功能主义"的再现。

"功能主义"是20世纪初出现的一种文化理论，它认为文化和社会机制中的各个方面都具有特殊的功能，这些功能相互配合来维持整个文化或社会。这种部分相对于整体所产生的作用，就好像是人体中各个部分的器官所具有的功能，比如，眼睛具有帮助寻找食物、观察方位、警觉安全等功能，肺功能是呼吸，肾功能是排泄，等等。由于一些学者怀疑文化是否能够像社会机制那样来规定它的各个功能，英国"功能主义者"没有像美国人类学家博厄兹及其追随者那样提出"文化人类学"，而是将自己界定为社会人类学家或直接界定为社会学家，从而回避了研究文化的功能问题。同时，"功能主义者"所关心的只是能够直接观察到的现象或问题，他们回避研究文化和社会的历史发展。马林诺夫斯基以及"功能主义"的几种不同学派从生物和社会的需求来阐述"功能主义"；拉德克利夫·布朗所主张的是一种"结构功能主义"，它比较狭义地强调社会机制的功能性；较晚一些时候的"功能主义者"，如埃文斯·普利查德开始注意文化和历史的研究；还有弗尔斯更多地从"功能主义"角度来注意象征性研究。这样一来，这个学派的发展就更多地具有"文化人类学"而非"社会人类学"的特征。

"功能主义"对音乐的研究也产生过很大的影响。"功能主义者"将音乐视为功能性的事物来支持社会机制的其他方面，比如，仅仅强调音乐对加强统治阶级权力的作用，单纯地注重音乐在宗教、礼仪中的功能等。"功能主义"代表人物拉德克利夫·布朗曾对印度洋安达曼群岛居民的音乐和舞蹈在其社会中的功能作用做过分析。

他说，为了理解安达曼人舞蹈的功能，我们必须注意到，每一个社区的成年人都参与了舞蹈。所有强壮的男人都在一起跳舞，所有女人参加合唱。舞蹈是在村庄中心居民住宅前的开阔地上进行的，如果有人因为生病或年迈不能参与舞蹈，他至少必须作为观众前来参与。

因此，安达曼人的舞蹈（伴随着歌唱）可以被看作一种活动。在这个活动中，靠着节奏和旋律的有效作用，社区中所有的成员可以和谐地合作，配合得像一个整体。活动还要求舞蹈者始终不要被音乐所束缚，参与这样的活动是为了达到相当程度的愉悦……在这种情形下，舞蹈为这一社区在最高程度上的团结与和谐一致创造了条件，而且，社区的每一个人都强烈地感受到了这一点。我认为，产生这样的情形就是这一舞蹈主要的社会功能。这个社会的生存，或者应该说存在，取决于从舞蹈中所获得的团结与和谐。通过人们从中强烈地感受到的团结一致，舞蹈成了维持这种团结性的媒介。

类似的例子有很多，比如南美洲秘鲁音乐文化中的安第斯排箫合奏具有很强的社会功能。他们强调部落村寨之间的和谐，强调人与人之间的和谐。一个乐队吹奏排箫时，每人只吹一个音。一首旋律是由乐队中每个人演奏的这一个音组合起来的。每一个人都是这个音乐旋律的一部分，缺了哪一个都不能构成一个完整的旋律。这样的音乐组合具有非常强的象征意义。也就是说，整个社会就像一首音乐作品，必须以每一个人的参与、配合和努力来完成它的和谐和正常运行。从而，音乐活动演化为社会活动，这里没有我们理解中的音乐审美和欣赏，有的只是某一集体的血缘、感情和精神进一步凝聚、和谐的物化过程。

音乐活动的功能作用存在于任何音乐文化中，但是，音乐文化的价值不单纯是社会功能性的，将音乐文化的复杂现象仅仅归属为社会功能作用，是一种简单化、片面化的做法。"功能主义"的问题在于，它把文化或社会作为一个静止的状态来看待，认为文化或社会结构中的各个方面的功能在时间上是一成不变的，为了强调社会机制中功能的稳定性，他们回避了历史的发展和变化。而且，这种被"局外人"所持有的"功能主义"学说与"局内人"所认为的自身文化或社会运作方式通常是有冲突的。"功能主义"另一方面的局限还体现在，他们只承认人的行为对某一社会集团的积极作用，而不容许人们看到它的反面，也不考虑行为在社会意义中的既没有积极作用又没有消极作用的中性的可能性。

在今天看来，"功能主义"作为一种学说的确存在着很大的局限性和片面性。然而，音乐文化中所体现的各类功能现象和音乐文化的一些特殊作用无疑是存在的。笔者在美国肯特大学读博士期间，曾选修过一门美国宗教音乐的课程。米勒（Terry Miller）教授对这个内容做过多年的研究，他带着我们参加了俄亥俄州的各种不同类型的教堂音乐活动，其中的一次给我的印象非常深。那是一个黑人教堂,坐落在肯特大学以北的一个城市扬斯城(Yangstown),我们随着做礼拜的人们走进了教堂,参加者都身着色彩鲜艳夺目的服装,女士还戴着被五颜六色的装饰品环绕的礼帽,连小孩都衣冠楚楚。礼拜仪式在一种"混合杂交"式乐器组合伴奏下的音乐声中开始,钢琴、管风琴、双排键电子琴、小号、萨克斯和一组架子鼓伴奏灵歌合唱音乐,唱诗班在牧师半唱半吟、半说半喊的布道声中,带领着所有的人把音乐推向高潮。在持续了相当一段时间的音乐高潮声中,许多虔诚的信徒似乎进入了身在人间而心在天堂的特殊的精神状态。接下来的情形令我们惊叹万分。那天是洗礼日,初春的美国东北部依然极其寒冷,教堂旁边的小池塘上还结着不太薄的冰,只见人们七手八脚地将池塘冰块敲开,两名中年男士在牧师的引导下走入刺骨的池塘。突然,其中一人被牧师整个地按入冰水中,接着又是第二个,这就是他们的洗礼。这样的情景令我终生难忘。

这一现象带出了这样一个问题,即这个礼拜活动是一个宗教仪式,一个旅游景点,还是一场特殊的音乐活动?凯曼尔(Kaemmer)在他的《人类生活中的音乐》(*Music in Human Life*)中也列举了一个相似的例子。他对这三个问题的回答是,这一情形同时包含了以上三方面的因素。相似的情形也会发生在对美国印第安人黑脚(Blackfoot)部落的"太阳舞"的理解上。对于一个局外人来说,这个舞蹈看起来纯属一个音乐活动,而事实上,一场"太阳舞"却是一次非常严肃的宗教仪式。对于许多美国观众来说,前往参加音乐会是一个社交事件,在这样的活动中,对于他们观看表演过程中的言行、幕间休息时的邂逅,甚至音乐会节目单的设计等都有着一定的社会规范。这些例子体现的就是我们所说的音乐功能作用的基本问题。

音乐的功能作用普遍存在于人类社会生活中,有的是当地和当事人刻意创造和追求的,有些是人们不经意中产生的,另一些则是被旁观者所理解和认识的。虽然这些音乐功能作用现象普遍存在,但它们各自的独特意义和价值却是随不同的社会和文化特性、依个人不同的接受程度而千变万化的。探讨音乐功能和作用问题的目的在哪里?就在于我们不仅希望了解一种音乐形式或一次音乐活动是什么,更有意义的是认识了它们为人们提供了什么,它们是怎么样来为我们工作的,更进一步,也就是最根本的,是去解剖人们创造和追求的这种音乐功能作用为的是什么。

音乐的功能作用是多方面的，一种音乐活动或现象可以在同一时间和场合中表现出多种功能作用，而且这一音乐活动或现象又会在不同的社会和文化中表现出不同的功能作用。这里将这些不同层面和不同角度的音乐功能作用归纳为以下几个方面。

（一）音乐的审美功能

在音乐文化的研究中，一个最重要的问题就是审美的观念及其与别的艺术之间的关系。然而，这一问题是如此复杂，它不仅涉及不同的民族、国家、地区以及个人，而且与历史时间的变化、地理环境的不同有着密切的关系。音乐审美作为一种观念在世界各民族文化中并不具有一般的意义，它主要使用在欧美、亚洲的一部分以及其他一些地区。在西方，人们是把审美作为哲学问题来看待的，因此成了美学。亚里士多德、康德、黑格尔、叔本华等都是西方美学的大家。从大量的西方美学文献中，我们可以看到的是，审美问题的探讨可以从不同的角度与艺术的、批评的、分析的、科学的、哲学的、历史的、心理学的、实验的、经验的或者系统的，等等，方法论联系在一起。研究者对审美的对象又从客观的"外在之物"和主观的"内心意识"加以界定和规范。在西方，审美问题研究的范畴可以扩大到人们意识到的整个世界的表象。这是一个博大精深而又复杂难缠的领域。那么，对于西方文化来说，音乐的审美意义究竟是什么呢？这可能会众说纷纭，但是，其中有一点大家可以达成共识，即主要是对美的事物的感性认识，而不是对真或善的事物的理性认识，这就是音乐审美的功能。一首小夜曲寄予的思念、一首复调音乐创造的对话、一首奏鸣曲表达的矛盾、一部交响乐寓意的哲理，大多都是这种审美功能作用下的结果。虽然在这里加上了"思念""对话""矛盾"和"哲理"，但是这样的解释完全是因人而异的。西方文化中，在不少情形下，人们对音乐美的追求是非功利性的，也就是说，审美功能仅表现在音乐自身。这样的经验大多数从事音乐或爱好音乐的人士都会有，即在不知道作曲者是谁，不了解音乐作品所要表达的内容的情形下，我们可以将该音乐作品脱离任何具体的内容，客观或主观地来对待。这时候的音乐作品是一个独立体，它本身具有生命力。我们的欣赏和愉悦是在纯粹的音响接受、生理反应、心理感受过程中完成的，这种审美功能的完成是建立在单纯的音符关系之中的。主副题的呼应、动机的发展、旋律的走向、经过句的连接、和声的进行和变化、对位的交织、音色的对比、音响的感受、节拍的变换、节奏的律动、结构的完整等成了音乐审美全部的关注焦点。

然而，这种审美功能在别的民族文化中就不一定会发生。比如，对巴桑耶民族来说，每一首歌曲的意义都极大地取决于它的文化背景，它们是文化观念化的产物。在西方文化中，只有非常少量的音乐作品是匿名的，而在巴桑耶文化中大量歌曲的作者是不为人们所知的。尽管作者是匿名的，但是在聆听音乐的过程中，巴桑耶民族从来不可能脱离每一首歌曲给予的特定内容或意义。他们不仅熟悉拥有的所有音乐，而且对每一首具体的歌曲也了如指掌，比如"战争歌""生育歌""交际歌"或"长眠歌"等。他们从不脱离歌曲特定的具体内容而抽象地理解音乐，因为他们的观念意识不允许他们这样做。这并不是一个"好"或"坏"的划分，而是，音乐就是他们生活不可分离的一部分。离开了具体生活的背景就没有了音乐，没有了音乐，生活也就失去了一部分的意义。这样的情形同样发生在北美印第安人佛拉什爱德部落中。

(二) 音乐的娱乐功能

音乐的娱乐功能存在于所有的民族文化之中，音乐的这种性质在非西方社会中表现得尤为突出。娱乐的一个主要形式就是游戏，在许多非洲或中东地区的民族中，音乐活动往往表现为游戏性质。由于这样的音乐游戏在很大程度上是与特定地区的人们的行为相关联的，它不具有明确的实用意义，具体说来，它不是为了获得生存的需求，因此它所具有的功能成了文化表达的一部分。非洲津巴布韦的马绍纳人有一个词"米塔姆波"（Mitambo），指的是一种精神财富的礼仪。尽管在字面上它具有宗教的含义，但是，由于"米塔姆波"来源于另一个词"库塔姆波"（Kutambo），意思是"进行游戏"，所以，当音乐被运用于这一活动时便具有了游戏的娱乐功能，也因此，马绍纳人在这种精神财富的礼仪中所使用的歌曲内容是非宗教性的。

音乐与游戏的关系在许多民族的文化活动中集中体现在儿童音乐活动上。著名民族音乐学家布莱金（Blacking）注意到，在非洲文达（Venda）民族中，儿童在一种音乐游戏中扮演成年人，通过游戏来学习和实验成年人的角色，以掌握成年人所应具有的技能。这些儿歌表现了儿童掌握音乐材料的自信，反映出他们在下意识中学到了文达民族音乐的基本原则。在游戏中，他们操练如何正确地在适当的地点和时间里表现音乐，从而表达他们对自己社会和文化的鉴赏。

(三) 音乐的交流表达功能

音乐的交流表达功能将涉及音乐语言的性质问题。我们认识到也认同音乐具有交流、传递信息的功能。然而，音乐的"信息"是什么呢？是感情、思想，还是有具体的指向？音乐的"信息"又是怎么样传达的呢？传递音符的高低、旋律的形态、音色的变换、节奏的缓急，还是音响带给我们的联想？进一步的问题：音乐的"信息"向谁传达？传达者和接收者之间是否有共识的语汇？"信息"传达过程中是否受时间、空间、民族、文化的制约？最困难的问题大概是，为什么人类已经具备了如此复杂的语言系统，依然需要以音乐作为交流的媒介？果真人类生活中存在着连语言都说不清道不明的感情和思想。

人们已经逐渐认识到，音乐并不是一种世界性的语言。之所以说音乐是一种语言是因为它具有表达的功能，然而，无论是表达感情、思想，还是文化，这种表达功能是深深地扎根于产生某一特定音乐语言的社会和文化土壤之中的。离开了造就它的土壤，就如语言脱离了它的语义环境，失去了表达、被理解和交流的可能性，因此，音乐作为语言也就不存在了。

音乐的交流表达功能广泛地体现在音乐作品和人们的生活中。西方古典音乐体裁中，赋格曲是一种比较抽象的音乐交流表达功能的形式。主题和副题在整个音乐完成过程中始终处于对话式的状态，类似语言表达的形式将音符、旋律、调性和音乐结构之间的交流转化为听众与作曲家和演奏者之间的沟通。奏鸣曲的主题和副题可以被看作是阴阳性格对比的象征，但是，从音乐表达的意义看，它们同样具有交流的性质。构成呈示部主题、副题的那些动机在发展部中不断地改变性格和形象，从而把音乐的表达推向高潮。当主题、副题重新出现在再现部时，它们的形象在另一个层面上得到再一次的映照，成了语义上的重复意义。奏鸣曲式中的矛盾和解决无疑是音乐形象人物化、社会化的表达，它是音乐交流功能高度抽象的结晶。

在有些民族中音乐的交流表达功能是直接而具体的。再举美国黑脚印第安人的例子。在印第安人的文化中，音乐不是一种审美对象，对他们来说，音乐的作用是实用的。其中之一是"医术礼仪"音乐，他们相信音乐可以帮助治病，因为他们认为，病痛不是一个生理的问题，而是灵魂暂时错位的结果，通过神的帮助就能将心灵回归其正常的状态。因此，音乐最重要的功能便是与神的交流对话。

情歌、山歌、劳动号子以及说唱音乐都是音乐交流表达功能的形式。中国少数民族中的高山族、佤族和苗族所使用的木鼓音乐是另一个音乐交流表达的典型例子。秦序在《我国南方高山、佤、苗等族体鸣木鼓与有关音乐起源的几个问题》中是这样叙述的，许多地方高山族木鼓以通讯为唯一的功能。佤族木鼓首先也是一种信号工具，用于报警、军事以及重大的集体活动。苗族木鼓也用于通讯，平时不允许乱动，遇到祭鼓或战斗时，用来传递信息召集群众。鼓声的缓急强弱都有规定，一声为有事召集，二声为催促，三声为立刻开会，这称为"击鼓三通"。

在非洲有一种鼓叫说话鼓（Talking Drum）。这种鼓的功能就是代替语言来表达和交流人们日常生活的信息。人们对这种鼓的节奏长短，鼓点多少，鼓声强弱等都有类似语汇和语法那样的规定。然而，每个地区、家庭或个人有专门的说话鼓的密码，这使得鼓乐具有民族性、地区性、家族性和个人性。

（四）音乐的象征功能

严格地说，音乐的象征性和音乐的象征功能是有区别的，前者强调的是音乐符号的接收者对某一动机、旋律、作品或音乐活动的体验和感受，在很大程度上，这样的体验和感受是经验性的，在不少情形中，它更是特殊化、个人化、非一般意义的。后者注重的是音乐符号被赋予寓意，符号创造者在对某一事物或现象进行音乐象征化的过程中起着至关重要的作用，这种象征化过程是自觉的、有目的性的。对于符号接收者来说，他对特定符号的理解在很大程度上是认识性的。因此，在一定范围内，音乐的象征功能具有一般的意义。

为了便于阐述和理解，拿一个非音乐的例子来说。交通信号是一个象征体系，也可以说是一个结构（符号学和结构主义有着极其密切的联系）。红灯表示停止，绿灯表示通过，黄灯是绿灯转换到红灯之间的短暂过渡，表示缓行准备停止。这是一个交通运作的结构和法则，这个结构和法则是象征功能的典型。红，原来并不代表停止；绿，也不表示通过；黄，就更不是缓行、准备的意思。由于鲜血是红色的，从红色转换到鲜血，再延伸到危险，直到停止。森林草原是绿色的，把森林草原总结为绿色，再象征为和平，一直发展为通过。黄色是中性色彩，是红绿之间的过渡色，因此成为缓行、准备的意思。显而易见，这三种颜色运用于交通信号系统是完全被自觉地、寓意地、有目的地象征化了的，是人们为了规定一个世界意义上一致认同的交通法则而人为创造的。所以，这样的象征功能是认识性的，而不是经验性的（当然人们是在不断吸取教训的基础上建立起这套交通法则的。但是，现在人们对它的功能和象征的认识已经不再是经验性的了，而是教育、学习的结果）。象征功能不仅是认识论的，而且还具有社会、政治和文化的性质。再以交通信号灯为例。红、黄、绿灯的结构、象征及其功能是在世界范围内成为公约的。这个例子说明了象征功能所体现的社会、政治和文化属性。

音乐所体现的象征功能同样具有社会性、政治性和文化性，这种特性是脱离了现实，从实际生活中抽象出来的。还是以中国南方高山、佤、苗等族木鼓的音乐功能为例。这些少数民族的木鼓在音乐的象征功能上可以体现在以下几个方面。第一，氏族、权力象征功能。木鼓的使用规定只能由氏族、村寨的首领掌管，一般人不许动用。第二，祖先象征功能。祭鼓节是这些民族中规模最大的祭祖活动。人们将木鼓与木雕的祖先形象并置，进行祭祀仪式。第三，财富象征功能。制作木鼓，建造鼓楼，举行祭鼓节都是当地民族的财富象征，因为这些都得花费很大的财力。木鼓及其关联的活动所体现的财富象征一般是集体性的，但也在一定范围内象征着个人私有财富。有的因为没有能力显示财富，害怕祭不起祖宗而卖掉祖鼓。第四，这些地区的木鼓还具有生殖的象征功能。

（五）音乐对社会、宗教、政治和文化的功能作用

音乐对社会的功能作用是一个笼统和过于宽泛的说法。具体地说，在音乐与文化的关系上，主要的关注点是音乐对社会稳定、整合的功能作用。具有明显和强烈社会意义的歌曲和音乐大量地存在于不同的民族文化中，这些歌曲和音乐对于人们的行为规范、集体团结以及个人的成长都具有强有力的作用。"移风易俗，莫善于乐"是孔子的音乐社会化功能观的集中体现。他把音乐的这一功能提升到一个非常高的高度来认识，认为音乐具有改造不良社会风气、改变社会陈规陋习的功能作用。而且，孔子的"诗可以兴，可以观，可以群，可以怨"的观点不仅体现了音乐具有反映

社会情感、社会心态和社会精神的功能，能协调、团结人的关系，而且对社会和国家的稳定起着重要的作用。

在先秦诸家中，墨子、荀子、庄子、商鞅以及吕不韦等都在他们的著述中对音乐的社会功能作用给予特别的强调。在西方社会，古希腊的毕达哥拉斯学派、哲学家柏拉图、亚里士多德也都对音乐的教育意义，也就是社会教化功能进行过大量的阐述。到了卢梭、康德、黑格尔以及汉斯立克，他们无不强调音乐的社会价值。

在大多数民族和文化中，宗教信仰仪式总是和音乐活动结合在一起，在某些场合中，没有音乐的参与，宗教的信仰也就失去了价值。所以，音乐对人们的心智和精神世界的活动起着非常重要的作用。音乐表现宗教内容的作品存在于各个民族文化中，西方的格列高利圣咏、经文歌，亨德尔的《弥赛亚》，巴赫的《b小调弥撒曲》，莫扎特、贝多芬以及后人都一直醉心于创作的《安魂曲》等都是宗教题材的音乐作品。宗教音乐不仅影响西方音乐历史的发展，而且影响了作曲家个人的艺术生涯。

音乐与政治更是有着紧密联系的。从许多民族的文化活动中，我们看到，音乐在政治上的功能作用一方面体现在一个群体反对另一个群体上，另一方面体现为巩固国家政体的稳定和团结。艺术和政治都是文化的一部分，相互间的促进作用是不可避免的。孔子音乐思想的集大成者《乐记》可以说是在理论上对音乐的这种功能作用充分肯定的范例。《乐记》开篇"乐本篇"的第一自然段中就提出："治世之音安以乐，其政和；乱世之音怨以怒，其政乖；亡国之音哀以思，其民困。"从具体作品来说，美国印第安人的《战争舞》、巴西苏亚人表明部落身份和联络村寨的歌曲、中国古代刘邦以"楚歌四起"战败项羽、人们唱着冼星海的《黄河大合唱》进行抗战，以及肖斯塔科维奇为抗击纳粹所做的《彼得格勒交响曲》等，都是音乐对政治作用的积极体现。

拉丁美洲西印度群岛和加勒比地区一些国家的人民非常关心国家大事。因为，多年来在他们的土地上殖民者不断轮换，国家的机构不断更改，社会长期不稳定，一种要求民族独立、社会安定、权利保障的心理使得那里的人们普遍地参与政治。西印度群岛的特立尼达是一个典型。在那里，受社会历史语境的影响，在音乐上形成了一种特有的形式和风格，叫作卡利普索（Calypso）。几乎所有卡利普索歌曲的内容都与社会和政治的问题有关。但是，这些内容不是消极的，而是积极的。拉丁美洲音乐中的另一种歌唱形式叫雷盖（Reggae），雷盖音乐中有一个非常出名的音乐家马利（Bob Marley）。马利被称为雷盖音乐之王，他是非常成功的音乐家，拥有很高的社会地位，拥有成千上万的观众和听众，拥有豪华无比的别墅，也拥有一个美满幸福的家庭。但是，雷盖音乐和卡利普索一样，政治内容较强，批评社会问题，责难政治问题。这样一来，不同政见的集团对马利的音乐，尤其是他的民众号召力怀恨在心。在一次家乡演出后的第一天，马利和他的一家人以及经纪人在家中商量是否出席几天后的另一场具有政治倾向性的演出时，突然机枪声大作。马利的经纪人当场中弹死亡，马利和家人全都中弹，极其幸运的是，都没有致命。马利没有因为这次可怕的事件而停止演唱，他的歌声一直持续到他去世。

人类学家梅里亚姆（Merriam）在其著名的《音乐人类学》一书中这样论述道，如果说音乐允许情感的表达，提供审美的愉悦，可以娱乐、交流、唤起生理反应，对社会的整合、社会机制和宗教仪式的合法性具有加强作用，那么，很显然，音乐对文化的延续和稳定起着重要的作用。在这个意义上，音乐的这种功能作用不会弱于文化的其他任何方面。相比之下，文化中别的因素并不具备音乐所具有的情感表达、审美的愉悦，可以娱乐、交流、唤起生理反应等功能作用。音乐作为历史、神话和传说的媒介，通过教育的传递，对文化的延续和稳定起着至关重要的作用。魏景元四年（公元263年）深秋的一天，一位死囚慢慢走向建春门外东市。在洛阳城上空弥漫着的、阴冷的云雾下，在人群的千百道叹息声中，他走向死亡。不！事实上，他正从容不迫地步入另一个世界。行刑时间已经接近，他从前来诀别的兄长手中接过一把古琴，盘腿席地而坐。琴弦发出的琴音时而带来沉思，时而划破死寂的气氛，抑扬顿挫、舒缓疾徐、幽愤激昂、感天动地、惊鬼泣神。曲终，犯人长叹一声："《广陵散》于今绝矣！"死囚为谁？正是"竹林七贤"之一嵇康也。

以上的故事是史实还是传说并不重要，有意义的是，它给予我们对音乐功能作用的认识和理解的启示。

第三章

简·奥斯汀与音乐

第一节 简·奥斯汀生平与作品简介

英国女作家简·奥斯汀（Jane Austen，1775—1817）出生于英国汉普郡（Hampshire）的史蒂文顿（Steventon），她的父母一共生有六男二女，她在里面排行第七，姐姐卡珊德拉（Cassandra）长她三岁，两人为家中唯二的女孩子。简·奥斯汀的父亲乔治·奥斯汀（George Austen，1731—1805）为史蒂文顿的教区牧师，除了牧师的职责，他还在牧师的宅邸兴办男生寄宿学校，身兼校长及老师。她的母亲卡珊德拉·利·奥斯汀（Cassandra Leigh Austen，1739—1827）出身于较为富有的士绅阶级，具有一定的教育程度和文化素养，和当时的已婚女性一样，嫁作人妇后以家庭为主要生活重心。

简·奥斯汀在出生地史蒂文顿（Steventon）度过前半生，1800年，父亲从牧师职位退休，交由大儿子詹姆斯（James Austen，1765—1819）继任，隔年简·奥斯汀和姐姐卡珊德拉同双亲一起迁居巴斯（Bath）。此次重大搬迁中，简·奥斯汀不得不放弃她最爱的钢琴，在巴斯期间是简·奥斯汀一生中唯一没有钢琴相伴的时期，亦是她文学创作的中辍期。1805年父亲逝世，次年，她和母亲及姐姐移居南安普顿（Southampton），1809年又再度迁居到乔顿（Chawton）一处由兄长提供的住所。定居下来后，她重拾笔杆，直到去世。

　　简·奥斯汀所受的教育绝大部分来自家庭，但因为父亲的学校所收学生不多，学校气氛和大家庭一样，加上父亲的心思多被学生们占据，也使父亲对姐妹两人的管束不如其他家庭严格。或许是父亲有感于太过放任，简·奥斯汀也曾经两度接受学校教育，第一次是和姐姐卡珊德拉以及表姐珍·库柏（Jane Cooper）一起被送去位于南安普顿的女子寄宿学校，但不久即因当时所流行的伤寒而回家；第二次则是和姐姐一同被送去里汀（Reading）的修道学校。不知何故，简·奥斯汀在第二所学校待的时间也不长，1786年末的时候她的父亲就将她们姐妹两人接回家了，当时简·奥斯汀才刚满十一岁，她的学校教育到此画下句点，此后她再也没有上过学。

　　简·奥斯汀就读的第二所学校授课内容类似于 *Emma* 一书中 Mrs. Goddard 办的女子寄宿学校：

> [...] a real, honest, old-fashioned Boarding-school, where a reasonable quantity of accomplishments were sold at a reasonable price, and where girls might be sent to be out of the way, and scramble themselves into a little education, without any danger of coming back prodigies.[1]

　　女子寄宿学校为年轻女性提供体验群体生活及建立人际关系的机会，并让她们学习应该具备的知识和才艺，这种适当的教育，和男子学校的授课内容有很大的差别。*Jane Austen* 一书的作者 Carol Shields 特别提到，"The doors of universities were closed to females, and girls' education in Jane Austen's time consisted of what might be called 'accomplishments'."[2]。在此书的中文译本《未婚的婚姻小说家——珍奥斯汀》中，中文译者吴竹华将"accomplishments"一词译为"成就"[3]，但这种译法并不妥当，因为

---

[1] Jane Austen, *Emma*, p. 17.
[2] Carol Shields, *Jane Austen*, p. 20.
[3] 卡洛·席尔兹,《未婚的婚姻小说家——珍奥斯汀》, 吴竹华, 译. 第35页。

"accomplishments"在此处指的是文法、音乐、绘画、舞蹈、刺绣等才艺,而并非用来表示在某个领域有所专长。当时女子学校以教授各项才艺为主要课程内容,故受教育对当时的女性而言并非完全指知识层面上的,才艺所占的比例更甚于知识内容,如简·奥斯汀在 *Persuasion* 一书中描述 Musgrove 家的两个女儿,"*had brought from a school at Exeter all the usual stock of accomplishments*"[①]。尽管简·奥斯汀自己受学校教育的时间为时不久,但她笔下的许多女性都是出自一流的女子学校,显见当时的社会风潮。

简·奥斯汀和姐姐卡珊德拉的关系非常亲密,她们的母亲奥斯汀太太就曾说过:"如果卡珊德拉把自己的头砍掉,简也会这么做。"[②] 她们不只是为数众多的子女中彼此唯一的同性伙伴,还是相互扶持的家人——卡珊德拉的未婚夫在任职随船牧师时,因黄热病死在西印度,此后卡珊德拉便抱定不婚;简·奥斯汀则曾经和来当地拜访亲友的爱尔兰青年 Tom Lefroy 有过情怀,然而这段恋情无疾而终,数年后 Tom Lefroy 另娶他人,简·奥斯汀从此终身未嫁。

由于简·奥斯汀和姐姐卡珊德拉两人都未出嫁,在家中其他兄长陆续成家离开之后,她们的感情更是格外亲密;她们不仅是姐妹,还是彼此最亲密的朋友。简·奥斯汀只有偶尔会短暂离家到远地去访亲拜友,其他多数的日子都是和父母及姐姐同住,两人只要不在对方身边,便会借助书信往返来了解彼此的近况。简·奥斯汀的书信有许多在她去世后被卡珊德拉毁掉,其中保存下来的约有一百六十封,这些书信为研究简·奥斯汀的学者提供了丰富的资料,书信中的观点经常和她小说里的描述相互呼应,更为小说增添了真实性。

简·奥斯汀的家人对她的写作有着决定性的影响:她的父母任她读遍家中数百卷藏书而不予设限。简·奥斯汀大量研读各种书籍,尤其偏好古典文学作品和当代流行小说。长篇小说在当时仍属新兴文种,其艺术价值尚未被认定,和罗曼史(Romance)之间的分野也未确立,这个文学领域上的未确定性也使拥有封建思想的贵族阶级人士认为小说不够严肃,故长

---

① Jane Austen, *Persuasion*, pp. 38—39.
② 卡洛·席尔兹,《未婚的婚姻小说家——珍奥斯汀》,吴竹华,译. 第60—61页。

篇小说被视为无益甚至有害的消遣。简·奥斯汀就透过 *Pride and Prejudice* 中 Mr. Collins 表达了当时部分人对小说的看法：

> *when tea was over, glad to invite him [Mr. Collins] to read aloud to the ladies. Mr. Collins readily assented, and a book was produced; but on beholding it (for everything announced it to be from a circulating library) he started back, and begging pardon, protested that he never read novels.*[①]

Mr. Collins 自称从不读小说，仿佛对小说避之唯恐不及，他的态度表明小说在当时的社会中，并非人人都认可，而且越是具有身份地位的人，越是要谴责小说的害处。但奥斯汀一家人接纳各种类型的小说，并且都享受阅读小说带来的乐趣。除了小说，这一家人还喜爱戏剧表演，简·奥斯汀的大哥詹姆斯（James Austen）在牛津大学就读期间，经常在家中的谷仓排演戏剧，简·奥斯汀也常在其中担任某些角色。而后，詹姆斯将兴趣转向诗和散文，并曾经编过杂志周刊《徘徊者》（*The Loiterer*）。全家人对小说的喜爱以及拥有的家庭剧场的戏剧经验，再加上一位杂志编辑的哥哥——这样丰富、多元的阅读环境使得简·奥斯汀很早就开始尝试提笔创作。

简·奥斯汀的写作生涯约始自十二三岁，她少女时期的作品充满戏谑、讽刺，这个风格随着年龄增长而渐趋缓和；她勇于尝试不同文类的创作，并借此来了解自己所适合的创作方向；她将作品和家人分享，家人不仅给她支持和鼓励，还毫不吝惜地给予修改的建议，她的作品也在反复的修改下日臻成熟。在她那个时代，有点身份地位的人一般都谴责小说，然而她的家人不仅拥抱小说，还对简·奥斯汀的创作全心支持，应验了 "*writers are as good as the audience they wish to capture*"[②] 这句话。Carol Shields 在 *Jane Austen* 一书中还提到奥斯汀先生在送给年少的简一

---

① Jane Austen, *Pride and Prejudice*, p. 56.
② Carol Shields, *Jane Austen*, p. 28.

本笔记本时，对将来会出现的内容做了这样的预告——"*Effusions of Fancy by a very Young Lady Consisting of Tales in a Style entirely new.*"①。这句赠题不仅点出简·奥斯汀早期作品的特性，还透露出这位父亲对女儿写作的鼓励。

在经过生涩的摸索时期后，简·奥斯汀在二十岁那年着手撰写一部书信体小说 *Elinor and Marianne*，这部小说的手稿并无留存，但根据小说的名称，读者不难猜想这正是 *Sense and Sensibility* 一作的初稿。1796 至 1797 年间，简·奥斯汀完成了她的另一部小说 *First Impressions*，简·奥斯汀的父亲曾经写信给出版商希望自费出版这部小说，但遭到拒绝。简·奥斯汀并未因此而放弃写作之路，反而在之后的两年内又完成了 *Northanger Abbey* 的初稿 *Susan*。

简·奥斯汀在史蒂文顿开启她的写作生涯，然而这份职业在迁居巴斯及南安普顿期间，却因生活及心境上的不适而导致中断，直到在乔顿定居后她才再度提笔。在乔顿安定下来后，简·奥斯汀首先修改早年创作的三部小说初稿，其中 *Elinor and Marianne* 以叙事体重新写过，并以 *Sense and Sensibility* 为名，自费委托出版社出版。*Sense and Sensibility* 是简·奥斯汀初试啼声之作，这部作品受到了好评和欢迎，也为她带来了一笔不错的收入，所以她又开始修改 *First Impressions*，并将其更名为 *Pride and Prejudice*。有了 *Sense and Sensibility* 的成功经验，这一次出版社向她买下版权，书籍一出版就很畅销，书评也非常好。

简·奥斯汀在修改旧作的同时，持续新的创作，她陆续写下 *Mansfield Park*、*Emma* 以及原名 *Elliot* 的 *Persuasion*。在 *Persuasion* 的创作期间，简·奥斯汀的健康开始出现问题，1817 年她着手创作新作 *The Brothers* 时，健康情形急转直下，她被兄长和姐姐送到温彻斯特（Winchester）疗养，不久后病逝，年仅四十一岁。简·奥斯汀的主要创作请参见下方【表一】。

---

① Ibid，p. 34.

表一　简·奥斯汀的主要创作

创作地	小说	原名	中文译名	出版年	备注
史蒂文顿	*Sense and Sensibility*	*Elinor and Marianne*	《理性与感性》	1811	匿名出版
	Pride and Prejudice	*First Impressions*	《傲慢与偏见》	1813	匿名出版
	Northanger Abbey	*Susan*	《诺桑觉寺》	1818	去世后出版
巴斯	*The Watsons*				未完成
乔顿	*Mansfield Park*		《曼斯菲尔庄园》	1814	匿名出版
	Emma		《艾玛》	1816	匿名出版
	Persuasion	*Elliot*	《劝导》	1818	去世后出版
	Sanditon	*The Brothers*		1925	未完成

简·奥斯汀生前已出版四部小说，但如【表一】所见，皆为匿名。她死后留下的两部来不及出版的小说 *Persuasion* 和 *Northanger Abbey*，则由她的哥哥 Henry Austen（1771—1850）以作者真名代为出版，至于她未完成的遗作 *The Brothers*，则迟至 1925 年才以 *Sanditon* 一名出版。

简·奥斯汀在第一本出版的小说 *Sense and Sensibility* 的封面上，仅仅以"by a lady"表示作者；接着出版的 *Pride and Prejudice* 的封面上则是注明"Author of *Sense and Sensibility*"；其后的 *Mansfield Park* 和 *Emma* 这两本书的封面，都仿照此法，仅说明"Author of *Pride and Prejudice*"。简·奥斯汀匿名出版小说并非自己所愿，而是当时的时代风气尚不容许女性出头，不论是女性小说家还是音乐家，其出版品多为匿名。尽管在生前出版的作品上，简·奥斯汀并未公开姓名，但是随着小说受到欢迎，她的名字和身份也渐渐从亲友圈向外传播出去，甚至传到摄政王的耳中。摄政王表示如果简·奥斯汀的下一部作品能题献给他，他将感到十分荣幸，因此 *Emma* 一作出版时，简·奥斯汀还特地附上一段致皇室的献词。

摄政王指的是英王乔治四世（George Ⅳ，1762—1830），他的父亲乔治三世（George Ⅲ，1738—1820）因病无法理政，故由他代理统治，他的这段代政期间被称为摄政时期（Regency）。摄政时期是佐治亚时代①（Georgian Era，1714—1830）的尾声，其后则衔接了维多利亚时期。简·奥斯汀除了生活在一个政治情势特殊的时代，她还处在一个文学过渡时期，学者谢瑶玲，在 Emma 的中译版《艾玛》所附的导读中如此写道：

  奥斯汀所生长的年代是文学史上从新古典主义过渡到浪漫主义的时期。新古典主义讲求秩序，阶级分明，重视理性和中庸之道，克制热情和个人的抒发。浪漫主义恰好相反，反对过度的理性和节制，强调情感的奔放和自我追寻，重视个人权益。奥斯汀的小说融合了两个时代的特质，一方面小说中的背景仍然是阶级分明的旧世纪，另一方面小说人物却独立自主，勇敢地追求所爱。②

  简·奥斯汀以嘲讽和喜剧的手法，借用小说对当代社会某些阶层的行为和道德观提出批判。她的小说大多取材于她自身的生活，背景经常是设立在几户乡村人家，情节也脱离不了乡村居民之间的交际和娱乐。她所有的小说都以爱情为主轴，但在爱情发展的过程中，透露出当时根深蒂固的门户观念，还有财产的多寡跟社会阶级的高低如何左右男女主人翁的抉择。另外，她擅长塑造人物的对话，故事的发展经常是依赖角色之间的对话来让读者理解。这些对话不仅机智幽默、鲜明生动，而且将说话者的形象和个性刻画得十分立体，本书的引用有许多是取自人物的对话。另外，在简·奥斯汀的六部小说中，Emma 一书的主轴围绕音乐的发展，音乐所占篇幅最多，故在本书中讨论及引用较多；Northanger Abbey 一作旨在讽刺当时流行的歌德式小说，音乐所占的篇幅相对较少，在本书中所占的讨论也较少。至于其他四本小说 Sense and Sensibility、Pride and Prejudice、Mansfield Park 和 Persuasion 则介于两者之间，各种音乐场景皆有着墨，但篇幅相对平均。

---

① 佐治亚时代（Georgian Era，1714—1830）指的是由乔治一世、二世、三世、四世统治大英帝国的时期，广义的佐治亚时代则包括之后仅在位七年（1830—1837）的威廉四世（William IV）。因此摄政时期（British Regency）实际上也被涵盖在佐治亚时代中。
② 简·奥斯汀，《艾玛》，谢瑶玲，译. 第5—6页。

第二节　简·奥斯汀的音乐生活

尽管简·奥斯汀得以从父母及家中的藏书获得所需的知识，但在音乐教育的部分，她的双亲无能为力，故家里为简·奥斯汀聘请了 George William Chard 作为她的钢琴教师。George William Chard 是温彻斯特大教堂（Winchester Cathedral）的助理管风琴师，他每周固定到史蒂文顿的牧师公馆为简·奥斯汀授课，简·奥斯汀大约自 12 岁起开始跟他习琴，且至少持续到 20 岁，她在写给姐姐卡珊德拉的信件里提道：

I am glad to hear so good an account of Mr. Charde [sic], and only fear that my long absence may occasion his relapse. I practise every day as much as I can—I wish it were more for his sake. (Sep. 1, 1796)

音乐虽然是当时女性被期望去学习的才艺，但是并非所有人都能坚持学习下去，大多数的女性多半在 20 岁以前就已经中断了学习音乐；简·奥斯汀不仅较他人更坚持学习音乐，还终其一生都保持对音乐的爱好。她的姐姐卡珊德拉是否有学过钢琴则不得而知，很有可能像 *Northanger Abbey* 的女主角 Catherine Morland 一样，曾经学习过一段时间，但后来选择放弃：

*Her [Catherine] mother wished her to learn music [...] so at eight years old she began. She learnt a year and could not bear it; and Mrs. Morland [...] allowed her to leave off.*①

Catherine Morland 缺乏对钢琴的兴趣，只是当时一小部分女性的写照。虽然大多数的女性在学琴之路上走得比较长远，但放弃钢琴只是迟早

---

① Jane Austen, *Northanger Abbey*, p. 2.

的事情，婚姻往往就是那道分水岭。然而对简·奥斯汀而言，钢琴和写作是她生命中最不可或缺的两件事，是她自年轻以来便费心投入的兴趣，而且两者皆持续了一生之久。

Jane Austen and Mozart: Classical Equilibrium in Fiction and Music 一书的作者 Robert K. Wallace 描述简·奥斯汀在修改、写作和出版小说的那些年里，她每天都特意比其他家人早起，为的就是"*practice and play music*"①。因为在她为家人准备早餐之前，家里的一楼便是她的私人空间，在这段时间她可以不受打扰地做她最喜爱的两件事——弹琴和写作。规律的写作习惯对于作家而言很重要，因为写作固然需要灵感，但光坐着等待灵感来临并不会有任何成果，简·奥斯汀将写作视为每日必须从事的自我功课，这种自制力或许就是来自练琴的习惯。

Robert K. Wallace 还认为简·奥斯汀"*avoided the volcanic and eruptive forces of musical Romanticism as thoroughly as she did those of literary Romanticism*"②。他观察到简·奥斯汀对音乐的喜好和她的文学创作一致，均避免浪漫主义，她的作品反映她的音乐偏好：重视均衡与对称。

简·奥斯汀在史蒂文顿度过的前半生里，钢琴和写作是她生活的重心，1801 年，简·奥斯汀同双亲及姐姐搬迁到巴斯，在这次重大的搬迁中，简·奥斯汀被迫卖掉她的钢琴。她在信中写道"*Eight for my Pianoforte, is about what I really expected to get.*"（May 12, 1801），这封信里虽然只简单地提及她卖钢琴的所得，但或许是她不愿多谈心中的不舍。简·奥斯汀定居巴斯期间，并无证据显示她拥有自己的钢琴（即便有也可能是租来的，她并未留下线索，今人能做的只是推测）。这段没有钢琴的日子，也正是简·奥斯汀创作的困顿期，钢琴对简·奥斯汀的重要性以及对其创作的影响，两者可能只是巧合，但也可能是密切关联的。1809 年，简·奥斯汀同母亲、姐姐定居在乔顿一处由哥哥提供的住所，再经过几年不安定的生活后，她终于得以安顿下来并拥有自己的钢琴，她在信里以欢快的笔调表达内心的欣喜：

---

① Robert K. Wallace, *Jane Austen and Mozart: Classical Equilibrium in Fiction and Music*, p. 252.
② Ibid.

第三章 简·奥斯汀与音乐

> *Yes, yes, we will have a pianoforte, as good a one as can be got for thirty Guineas—and I will practice country dances, that we may have some amusement for our nephews and nieces, when we have the pleasure of their company.* (Dec. 27, 1808)

简·奥斯汀在信件里不断地提及钢琴以及自己的音乐生活，然而她却从未提及自己的练琴习惯，她在什么时间练琴？她练琴的频率如何？简·奥斯汀的侄女 Caroline Austen 在她所写的 *My Aunt Jane Austen: A Memoir* 一书解答了这些疑惑：

> *Aunt Jane began her day with music—for which I conclude she had a natural taste; as she thus kept it up—tho' she had no one to teach; was never induced (as I have heard) to play in company; and none of her family cared much for it. I suppose, that she might not trouble them, she chose her practising time before breakfast—when she could have the room to herself—She practiced regularly every morning—She played very pretty tunes, I thought—and I liked to standby her and listen to them; but the music, (for I disgracefully easy—Much that she played from was manuscript, copied out by herself—and so neatly and correctly, that it was as easy to read as print.*[①]

Caroline Austen 根据儿时的印象描述简·奥斯汀的练琴习惯，尽管她提供的信息有限，但是她提到简·奥斯汀有每天练琴的习惯，以及她亲自誊写的手抄谱干净整齐，这两点就足以见得简·奥斯汀是认真看待音乐这件事情。Robert K. Wallace 认为，对简·奥斯汀而言，弹琴不只是她日常活动的一部分，她愿意而且坚持持续不断地练习，这表明音乐 "*must have meant something to her*"[②]。钢琴对简·奥斯汀的意义为何，所占的重要性

[①] Caroline Austen, *My Aunt Jane Austen: A Memoir*, pp. 6—7.
[②] Robert K. Wallace, *Jane Austen and Mozart: Classical Equilibrium in Fiction and Music*, p. 252.

有多少，简·奥斯汀从来没有明确地说过（至少在流传下来的书面资料中，这个问题没有显而易见的答案）。如果说写作对她而言是生活的重心，而弹琴就如 Robert K. Wallace 所言，是她日常生活的一部分，那么不管这两件事情在耗费的心力上是否有所差异，它们确实有资格相提并论。

在简·奥斯汀的笔下，许多具有音乐才华的女性在步入婚姻之后就放弃了音乐，尽管简·奥斯汀给了她们自我解释的理由是要全心照顾家庭，然而音乐，如果就像是她笔下 Mr. Collins 所说的（小说人物请参照附录），是一种无伤大雅的娱乐（*a very innocent diversion*）[①]，那为何要以照顾家庭为由而放弃呢？简·奥斯汀刻意不说，而是以自己的实际行为和她小说中的女性做对比。事实上，那些在婚后选择放弃音乐的女性，并非真正喜爱音乐，一位真正的音乐爱好者——而且是具备演奏能力的音乐爱好者——是绝不可能甘愿怀着无法亲身演奏的遗憾，而满足于当下的生活境况的。简·奥斯汀在描绘这些笔下人物时总是不经意地淡淡带过，读者倘若对简·奥斯汀的音乐生活没有一定程度的认识，也会轻易地接受简·奥斯汀为她们塑造的合理借口，然而在了解简·奥斯汀对音乐的重视程度之后，再回头看她笔下那些为家庭牺牲奉献的女性，便能理解这些虚拟人物与她自身恰恰是强烈的对比：貌似合理的理由其实都是借口，这正是简·奥斯汀刻意不道破的嘲讽。她不仅借着自身行为表达她对音乐的态度，还凭着虚构人物讽刺当时的许多女性对音乐的喜爱只有热诚而没有真诚，而这个热诚多来自社会观感和婚姻市场的需要，所以一旦步入婚姻，这股热诚还剩多少都无所谓了。毋庸置疑，简·奥斯汀对音乐的态度相当严肃，她不认同将音乐当作掳获男性的手段，她在小说中也总是暗示那些刻意以音乐吸引男性注目的女性，她们在品德或思虑上都有不足之处。

她的音乐生活，就如同她笔下的女主角们一样，呈现的是当时女性的缩影，她弹琴自娱，在聚会上展现音乐才华，为舞会提供伴奏，并且愿意同人分享这个话题。

她在信件当中曾多次提及音乐，不论是听音乐还是演奏音乐，为自己演奏还是为他人演奏，这些片段的资料使她的音乐生活更具体化，也使读者在阅读她小说当中的音乐场景时，领略到简·奥斯汀自己的音乐经验。

[①] Jane Austen, *Pride and Prejudice*, p. 82.

第三章 简·奥斯汀与音乐

在简·奥斯汀被保存下来的 160 封信件中，有 73 封提及音乐[①]，这些关于音乐的叙述内容多而繁杂，有些是提及自己的钢琴（如前文所述），有些则是叙述她最近生活中曾经参与的音乐活动。她在写给姐姐卡珊德拉的信里，就曾提到她去参加音乐会的详细情形：

The music was extremely good. It opened（tell Fanny）with "Poike de Parp pirs praise pof Prapela"; and of the other glees I remember, "In peace love tunes," "Rosabelle," "The Red Cross Knight," and "Poor Insect." Between the songs were lessons on the harp, or harp and pianoforte together; and the harp-player was Wiepart, whose name seems famous, though new to me. There was one female singer, a short Miss Davis, all in blue, bringing up for the public line, whose voice was said to be very fine indeed; and all the performers gave great satisfaction by doing what they were paid for, and giving themselves no airs. No amateur could be persuaded to do anything. （April 25, 1811）

在这封信里，简·奥斯汀除了表达对音乐会的满意之感，对演出的曲目也如数家珍，不仅如此，她还特别提到了竖琴手和女歌手的名字，可见她对这场音乐会的印象非常深刻。除了音乐会，简·奥斯汀也常常在信中提到某位女性时，会连带提及此人的音乐才华。譬如在她写给姐姐的另一封信中提到她在宴会上遇见一位名为 Cantelo Smith 的女士，她对这位女性的形容是 "*if she is in good humour, are likely to have excellent singing*"（April 18, 1811）。讽刺是简·奥斯汀的特色之一，这个特色不仅出现在她的小说中，还出现在她日常的家书里。但简·奥斯汀并非总是用讽刺的口气来评论，她也曾在信里盛赞另一位女士的钢琴演奏：

Miss H is an elegant, pleasing, pretty-looking girl, about nineteen [...] with flowers in her head, and Music at her fingers

---

[①] Miriam F. Hart, *Hardly an Innocent Diversion: Music in the Life and Writings of Jane Austen*, p. 92.

ends. —*She plays very well indeed. I have seldom heard anybody with more pleasure.*（May 29，1811）

简·奥斯汀写信，就如同她在小说中惯常采用的陈述方式，在介绍某位女性的时候总是要谈及这位女性会不会音乐，造诣又是如何。她时而嘲讽，时而肯定，但不变的是，无论在小说当中还是真实的个人生活，音乐一直是她相当关注的话题。

第三节　简·奥斯汀的乐谱

如果说钢琴在简·奥斯汀的生活中扮演举足轻重的角色，那么通过她的乐谱去理解她的这个爱好，无疑是最佳的方式。简·奥斯汀的乐谱为数不少，在她乔顿的故居留有她珍藏的乐谱八册[①]，这八册乐谱共收有约三百首乐曲，包含的乐曲种类众多，足以体现简·奥斯汀丰富的音乐生活。这些乐谱有约半数是印刷出版品，其他则是手抄谱，原因是简·奥斯汀终身未婚，在她的作品获得出版社青睐并出版以前，她生活上的零用钱皆来自父母，且并不丰厚，经济上的拮据促使她自己抄写乐谱，并且和亲友分享交流。从她手抄谱上工整的字迹，我们可以推测她誊写时的态度以及对这些乐谱的重视程度。上一节里我们曾提及简·奥斯汀的侄女 Caroline Austen 描述简·奥斯汀的乐谱誊写得犹如印刷般工整[②]，首位研究简·奥斯汀藏谱的音乐学者 Patrick Piggott 也描述简·奥斯汀的手抄谱 "*As clearly and elegantly written as the tragically few extant manuscripts of her mature literary works*"[③]。在看过下方的【谱例一】后，笔者认为他们两人的陈述并不夸张。

【谱例一】简·奥斯汀的手抄谱（拍自 Patrick Piggott 所著的 *The Innocent*

[①] 简·奥斯汀的乔顿故居现为 Jane Austen Memorial Trust Museum，这八册藏谱拥有权及版权皆属于 Jane Austen Memorial Trust Museum，未经同意无法取得照片。

[②] Caroline Austen，*My aunt Jane Austen：A Memoir*，p. 7.

[③] Patrick Piggott，*The Innocent Diversion：Music in the Life and Writings of Jane Austen*，p. 131.

Diversion: *Music in the Life and Writings of Jane Austen*，134 页。)

这些乐谱包含的曲目虽多，但几乎都创作于 1790 年前，这些被收录的乐曲的作曲家众多，知名的包括亨德尔（George Friedrich Handel, 1685—1759）、海顿（Franz Joseph Haydn, 1732—1809）和莫扎特（Wolfgang Amadeus Mozart, 1756—1791）等人，但大多数都是今日不曾听闻过的作曲家，如 Thomas Arne (1710—1778)、William Boyce (1711—1779)、William Felton (1713—1769)、Joseph Mazzinghi (1765—1844)、Daniel Steibelt (1765—1823)、Johann Franz Xaver Sterkel (1750—1817)、Domenico Corri (1746—1825) 和 Theodore Latour (1763—1837) 等人，故 Patrick Piggott 对简·奥斯汀的音乐品味做出如此批评：

> "*Taste*" *is not very evident in her choice of music, too many items in her collection being no more than superficially pretty and sometimes rather worse than that, though, to be fair, one must allow that third-rate music, if it preponderates, does*

*not form the whole of her library.*①

撇开 Patrick Piggott 的批评不谈，简·奥斯汀的乐谱其实反映的是当时的音乐爱好，这些乐曲之所以能够在亲友间流通，甚至代代相传，一直受欢迎，其主因不在于乐曲的品位符合时势，而是乐曲需要的技术并不高，即便是业余爱好者也能够从中获得娱乐和成就感，这个技术上而非品味上的低门槛，使这些乐曲普遍受到喜爱。然而，这并非简·奥斯汀的藏谱缺乏莫扎特或贝多芬（Ludwig van Beethoven, 1770—1827）等德奥音乐家作品的真正原因（事实上，同时代其他英国女性的藏谱中同样少见德奥地区作曲家的作品），这缺乏品味的指责首先必须归因于英国和欧陆之间存在英吉利海峡这个天然隔阂，交通的不便利造成了德奥作曲家的乐谱在英国难以取得，就音乐趋势方面而言，英国也总是落后欧陆地区。

Patrick Piggott 理解英国在地域上的劣势，知道莫扎特和贝多芬未能在谱集中占有重要分量，是因为他们的作品"*were not easy to come by in the England of Jane Austen's time*"②。他同时强调，简·奥斯汀"*did own pieces by other great composers, among them Handel, Hayden and Gluck*"③。Patrick Piggott 的一席话看似是在为简·奥斯汀的音乐品味做辩驳，然而对照他先前对简·奥斯汀的品位所做的批评，不难理解他的想法：一是只有德奥作曲家的作品才能称得上品味一词，二是幸好还有亨德尔、海顿和格鲁克，否则简·奥斯汀的音乐品味就真的跟那些三流作曲家一样低下了。

前段叙述已经提及，英国因为地理位置造成和欧陆之间的乐谱流通并不容易，音乐趋势也多有落差，这个先天环境的隔阂看似劣势，实际上却也给英国带来了独特、不同于欧陆的音乐风貌，例如文艺复兴初期，英国音乐就以风格独特的旋律及平行的三六度音程为特色，进而影响欧陆地区的音乐。从某个角度来看，天然的地形阻隔造成了英国音乐趋势的落后，

---

① Ibid, p. 153.
② Ibid.
③ Ibid.

然而从另一个角度来看，它使得英国能够保有自己的音乐特色及传统而独树一帜。再以英国键盘乐器的发展为例，其传统由来已久，最早可以追溯到文艺复兴时期的英国古键琴乐派（Virginal School），William Byrd（1543—1623）、Thomas Tallis（1505—1585）及 William Blitheman（1525—1591）树立了古键琴乐派的基础，是第一代古键琴乐派作曲家的代表，Peter Philips（约 1555—1628）、John Bull（1562—1628）和 Giles Farnaby（1560—1640）等是第二代古键琴作曲家。古键琴在十七世纪后逐渐没落，取而代之的是大键琴，Henry Purcell（1659—1695）便是大键琴乐曲创作的代表。

英国人对键盘乐器的偏好一直持续到十八世纪，钢琴在十八世纪后半叶现身英国时迅速引起潮流，工业革命后更是达到前所未见的普及，以钢琴曲为主要创作的伦敦钢琴乐派（The London Pianoforte School）便顺势而生。因此，尽管英国在音乐的其他方面落后于欧陆地区，但自 18 世纪末开始，英国键盘乐器的发展以及乐曲的创作却是和欧陆并驾齐驱，且蓬勃发展、蔚成风气。以 Muzio Clementi（1752—1832）为中心的伦敦钢琴乐派主导英国音乐趋势，并且成为当时音乐爱好者最熟悉也最喜爱的作曲家。不只是简·奥斯汀的藏谱反映了这一事实，她还在 *Emma* 中刻意提到 Johann Baptist Cramer（1771—1858）——这是她所有小说中唯一一位被指名道姓点出的作曲家——也呼应了当时伦敦钢琴乐派的名气。可见不仅是她，她的读者也相当熟悉 Johann Baptist Cramer，此举不仅增加了小说的真实性，还能引起读者的共鸣。

Robert Jourdain 认为，根据社会心理学家研究，一个人的音乐偏好建立于青少年时期，这个偏好一旦建立，就会定型并成为其日后衡量音乐的准则[①]。尽管音乐的风格会随着时代而转变，但是，一个人对音乐的偏好却很难转变，所以"*Once one way of listening is established, it is applied to all kinds of music, which are accepted or rejected by how well*

---

① Miriam F. Hart, *Hardly an Innocent Diversion: Music in the Life and Writings of Jane Austen*, p. 149.

they fit"①。根据这个论点，我们不难想到为何简·奥斯汀虽然活到 1817 年，但她谱集中的乐曲却多是 1790 年代的作品，且少有增添。诚如 Robert K. Wallace 所言：

> The 1790s [...] were Austen's formative decade at the piano. In England this was not the decade of Beethoven [...]. Nor was it the decade of Mozart [...] In England, as in Vienna, the 1790s were the decade not only of Haydn but also of such musicians as Koželuch, Hoffmeister, Pleyel, Steibelt, and Sterkel. These were then leading representatives of what we now call the classical style in music; these are also leading names in Austen's music book.②

1790 年代的英国，尚未进入贝多芬的时代，这一时期流行的音乐，除了亨德尔和海顿，大概就是引领英国音乐潮流的伦敦钢琴乐派。尽管这些作曲家在今日的音乐史书上所占篇幅不多，甚至于被忽略，但他们丰富了当时英国人的音乐生活；他们被历史遗忘，但他们不会被曾经喜爱他们的人们遗忘。

今日的研究者很容易以轻视的眼光去看待这些曾经风光一时的作曲家，却忽略了他们作品的价值不在于今日的我们怎么看待，而在于当时的人们怎么看待。从这个观点来切入，我们就能了解这些人的贡献不在于其作品的艺术成就，而在于他们助长了钢琴的流行，带动了人们爱乐的社会风气，而这一点并不是所有伟大的作曲家都能做到的。所以以下将就简·奥斯汀乔顿的八册藏谱做分别的介绍，以进一步认识当时的作曲家和音乐的流行风气。

乔顿第一册谱集收录的是歌曲，根据当时的习惯推测，这一谱集应是传承自简·奥斯汀的母亲，其他册则是简·奥斯汀自己收集编排的。由于是承接自简·奥斯汀的母亲，所以这一谱集收录的乐曲年代较为早一些，

---

① Ibid.
② Robert K. Wallace, *Jane Austen and Mozart: Classical Equilibrium in Fiction and Music*, p. 250.

除了著名的作曲家，还有一些是从当时非常流行的"*collections of 'Scotch' and 'Irish' airs*"中选录出来的。全册收录了七首亨德尔的作品，其中一首名为"*Love nevermore shall give me pain*"的歌曲，其旋律来自亨德尔的水上音乐（*The Water Music*）。

第二册谱集为纯钢琴曲，皆由简·奥斯汀自己亲手抄写，这些乐曲虽为钢琴弹奏用，但实际上多改编自歌曲，且大部分乐曲的作曲家都无法判定。曲目包含一首莫扎特所作的进行曲（选自 *The Marriage of Figaro*），还有一些四手联弹的作品（简·奥斯汀和她的钢琴老师 George William Chard 合奏用的），其中一首是改编自歌曲 *Sheridan*。谱集里有许多奏鸣曲和变奏曲（其主题多来自歌曲），以及两首推测是分别由 Ann Thicknesse 和 Mrs. Bland Hamilton 两位女性所创作的乐曲。

第三册谱集为歌曲，共收有三十六首，多数为简·奥斯汀亲手抄写，简·奥斯汀还为整本谱集编排了目录（见下面【图一】）。这册所收录的乐曲和第二册恰恰相反，第二册的钢琴曲有些改编自歌曲，第三册的歌曲部分则是来自器乐曲，如一首名为"William"的歌曲，其旋律来自海顿 C 大调奏鸣曲，配上的歌词则是叙述"a woman awaiting the return of a sailor she loves"[①]。在简·奥斯汀的时代，加入海军或是出海当水手是常见的职业，她的六个兄弟中，就有两个兄弟加入英国皇家海军（Royal Naval Academy）[②]。这首歌不仅是简·奥斯汀个人的心境描述，还是当时许多女性的心情写照。简·奥斯汀在 *Mansfield Park* 和 *Persuasion* 两作中，也将海军作为主题之一：*Mansfield Park* 中 Fanny 的哥哥 William 在妹妹离家后就出海当水手，后晋升为海军少尉（lieutenant），*Persuasion* 中的 Frederick Wentworth 也是年纪轻轻便加入海军，最后成为海军舰长。谱集中最特别的作曲家要属 Sophia Corri Dussek（1775—1831），她是作曲家 Domenico Corri 之女，作曲家 Jan Ladislav Dussek（1760—1812）之妻，她和当时其他少数的女性音乐家一样，因为出生在音乐世家，所以得以有机会发展自己的音乐事业。

---

① Ibid, p. 270.
② 这两位兄弟是 Frank（1774—1865）和 Charles（1779—1852）。

【图一】乔顿藏谱第三册的手写目录（拍自 Patrick Piggott 所著的 *The Innocent Diversion: Music in the Life and Writings of Jane Austen*, 133 页。）

第四册谱集为印刷的钢琴曲集，由简·奥斯汀自己装订、编写曲目索引内容并签上姓名，包括十四首由 Ignaz Pleyel（1757—1831）为大键琴或钢琴所创作的小奏鸣曲（*Sonatinas for the Harpsichord or Pianoforte*），以及由管弦乐改编而来的 *Celebrated Overture*。除此之外还有一首 William Evance 创作的 "*Concerto for the Harpsichord or Pianoforte with Accompanyments*"，这首协奏曲或许就是简·奥斯汀在书写 Marianne Dashwood[1] 和 Mary Bennet[2] 在晚宴上弹奏那一幕时，心中所想象的曲目。除了形式较大、较严肃的协奏曲，简·奥斯汀的藏谱中收录了当时最受欢迎的钢琴曲——Frantisek Kotzwara（1730—1791）所创作的 *The Battle of Prague*。跟战役有关的乐曲在当时非常流行，此首 *The Battle of Prague* 更是爱乐者必定收录的曲目。简·奥斯汀的藏谱中此曲共出现了两次，这是因为她有另一本谱集是承自他人，其中就重复了这一首。

第五册谱集为印刷的钢琴谱，共收有十三首乐曲，和第四册谱集一

---

[1] "*Marianne was then giving them the powerful protection of a very magnificent concerto*," Jane Austen, *Sense and Sensibility*, p. 143.

[2] "*Mary, at the end of along concerto, was glad to purchase praise and gratitude by Scotch and Irish airs, at the request of her younger sisters.*" Jane Austen, *Pride and Prejudice*, p. 22.

样，是由简·奥斯汀自己装订和编写目次。内容包括六首由 Jean-Baptiste Davaux（1742—1822）所创作的四重奏，还有几首由 Johann Schobert（1735—1767）所创作的 *Sinfonies* 和 *Sonata*s。本册还收录了亨德尔的神剧 *Messiah*（《弥赛亚》）中 *Hallelujah*（《哈利路亚》）的改编版本。简·奥斯汀虽然出生在牧师家庭，但她的乐谱却少有宗教音乐的踪影，亨德尔的《弥赛亚》会出现在她的乐谱中，应是流行而非宗教缘故。

第六册谱集原本属于简·奥斯汀的亲属 Elizabeth Bridges Austen，简·奥斯汀有可能是在 1808 年 Elizabeth 去世后继承得到的。这本谱集包含了更多 Pleyel 和 Schobert 的作品，当然也有爱乐者一定会收录的 *The Battle of Prague*。另外还有六首 Maria Hester Reynolds Parke 所创作的奏鸣曲，这些作品据说是她十岁稚龄之作[①]，不论是否为真，Maria 确实是 18 世纪最多产的女性作曲家之一。

第七册谱集为歌曲，共包含二十七首歌曲，其中十六首为手抄谱，其他皆为印刷谱。乐曲所涵盖的作曲家有 William Jackson（1730—1803）、Thomas Arne、William Shield（1748—1829）和 Charles Dibdin（1745—1814）等人。除了英文歌曲，谱集里还有法文和意大利文歌曲，简·奥斯汀对法文歌曲的喜好除了是追随音乐潮流，还可能是受到长她 14 岁的表亲 Eliza de Feuillide（1761—1813）的影响[②]。至于在意大利歌曲方面，其中一首除了意大利文歌词，还附有英文歌词[③]，这也不禁让人联想 *Persuasion* 中的 Anne Elliot, "*in the interval succeeding an Italian song, she* [*Anne Elliot*] *explained the words of the song to Mr. Ellit*"[④]。如果将 Anne 对意大利文的理解视为是简·奥斯汀自身的投射，那么她笔下人物虽为虚拟，但却来自她自身的真实经验，此为虚实对照之一例。此外，乐谱及小说中法文和意大利文歌曲的出现，除反映当时歌曲的流行趋势，

[①] Miriam F. Hart, *Hardly an Innocent Diversion: Music in the Life and Writings of Jane Austen*, p. 59.

[②] Eliza de Feuillide 嫁给一位法国伯爵，在欧陆生活了很长一段时间。她在丈夫死后回到英国，曾经在简·奥斯汀家住过一段时间，后来再嫁给简·奥斯汀的哥哥 Henry Austen。Eliza de Feuillide 的经历以及她在欧陆的生活经验无疑带给简·奥斯汀很大的新奇感。她在 *Pride and Prejudice* 一作中描写的 Lady Catherine de Bourgh，灵感很可能就是来自 Eliza de Feuillide。

[③] 这首附有英文歌词的意大利文歌曲为格鲁克（Christoph Willibald Gluck, 1714—1787）的 "*Che faro senza Euridice*"，选自歌剧 *Orfeo ed Euridice*。

[④] Jane Austen, *Persuasion*, p. 185.

还说明她和当时的女性（以及她笔下的女主角们）在音乐之外，对语言也有相当程度的涉猎。

第八册谱集为歌曲，全册皆为印刷谱，包括了十二首 William Jackson 所创作的 "*canzonets for two voices*"，多首由 Allan Ramsay（1686—1758）的诗作所谱成的苏格兰歌曲（Scots songs）和叙事曲（ballads），其中十三首有标题，如 *The last time I cameo'er*、*My Daddy is a cank'r carle* 和 *My Patie is a lover gay*，以及 R. Bremer 所创作的二十六首为声乐和大键琴所写的苏格兰歌曲（*Scots Songs for Voice and Harpsichord*）。从这一谱集中苏格兰歌曲所占的比例来看，我们不难推测苏格兰风格的乐曲在当时受喜爱的程度，简·奥斯汀在小说中也数次提到苏格兰曲调，如 *Pride and Prejudice* 中，"*After playing some Italian songs，Miss Bingley varied the charm by a lively Scotch air.*"[①]；另一幕则是 Mary Bennet 受妹妹们的请求，"*was glad to purchase praise and gratitude by Scotch and Irish airs*"[②]，以满足她们跳舞的欲望。另外在 *Emma* 中，Jane Fairfax 除了收到钢琴，还收到了 "a new set of Irish melodies"[③]。这种地域相近但风格相异的情调，使得苏格兰和爱尔兰歌曲在当时广受欢迎。这八本谱集的详细内容请见下面【表二】。

【表二】简·奥斯汀的乔顿藏谱

乔顿藏谱	乐曲形式	乐谱形式	作曲家	其他
第一册	歌曲	手抄谱	Handel, Thomas Arne, Boyce, William Felton	Scotch & Irish airs
第二册	钢琴曲	手抄谱	Mozart, Lady Caroline Lee, Mazzinghi, Steibelt, Sterkel, Powell, Corri, Latour, Thomas Arne, Anne Thicknesse, Mrs. Bland Hamilton	来自歌曲 *Sheridan* 的改编曲

---

① Jane Austen, *Pride and Prejudice*, p. 39.
② Ibid, p. 22.
③ Jane Austen, *Emma*, p. 183.

续　表

乔顿藏谱	乐曲形式	乐谱形式	作曲家	其他
第三册	歌曲	手抄谱	Haydn, Stephen Storace, Samuel James Arnold, William Shield, Thomas Carter, Sophia Corri Dussek, Charles Dibdin, Miss Mellish, Storace	by a lady
第四册	钢琴曲	印刷谱	Ignaz Pleyel, William Evance, Frantisek Kotzwara	
第五册	钢琴曲	印刷谱	Jean-Baptiste Davaux, Johann Schobert	
第六册	钢琴曲	印刷谱	Pleyel, Schobert, Kotzwara, Maria Hester Reynolds Parke	
第七册	歌曲	印刷谱 手写谱	William Jackson, Thomas Arne, William Shield, Charles Dibdin, Gluck	
第八册	歌曲	印刷谱	William Jackson, Allan Ramsay, R. Bremer	

除了乔顿的八册藏谱，简·奥斯汀还留下了另外两册谱集，由她的姐姐卡珊德拉所继承，目前是简·奥斯汀后代所拥有的私人收藏，无法取得作为学术之用。根据曾经亲自见过这些乐谱的 Robert K. Wallance 所描述，其中一册接近 400 页，多为简·奥斯汀的手抄谱，曲目的作曲家有莫扎特[①]、海顿、Johann Christian Bach（1735—1782）、Niccolò Piccini（1728—1800）、Dussek、Cramer、Clementi、Steibelt 等人。

综观简·奥斯汀的谱集，虽然能从作品中陈列出许多作曲家，但是有许多乐曲无法确定其作曲家，原因在于 18 世纪作曲家逐渐脱离私人资助，靠自己独立的事业维生，他们必须写各种形式的乐曲来赚钱，"*the strict categorization now brought to bear onevery composition was not a concern for them. Nor was it odd for a musician to follow an anonymously composed song*"[②]。这些匿名的作曲家虽然为自己带来了收入，但也给后

---

① 一首选自歌剧《魔笛》(*Die Zauberflöte*) 的曲调。
② Miriam F. Hart, *Hardly an Innocent Diversion: Music in the Life and Writings of Jane Austen*, p. 52.

来的学者在考究时带来了困难。除了刻意的匿名，另外还有一些乐曲只简单地标示了"by a lady"，这是因为当时女性作曲家虽然有逐渐增加且慢慢被接受的趋势，但风气未盛，"*publication was still an act too immodest for many to come forward with their own names and declare their talents*"①。不光为了个人，也是为了顾及家人的名声，这些女性（包括简·奥斯汀在内）出版时多选择匿名为"a lady"。

对简·奥斯汀的乐谱有所认识后，对于那些出现在她小说中的乐曲自然不会感到无法理解。对一位具有相当造诣的女性音乐爱好者而言，具备演奏协奏曲的技巧并非没有根据的夸大，不论是简·奥斯汀小说中的女主角还是她自己，当时女性所具备的音乐才华及其水平可能超乎今人想象。简·奥斯汀的藏谱除了部分是反映她自身的喜好，更多的是反映当时的音乐风气：

[...] *even as the publishers and printers determined much of what players played, so, too, did the desire of players determine what publishers printed: when they heard a piece, they liked, they wanted it.*②

爱乐者的喜好决定市场的出版品，所以歌剧中特别受欢迎的片段（例如格鲁克的 *Orfeo ed Euridice* 和莫扎特的 *Die Zauberflöte* 常常因此改编成钢琴版本。这些爱乐的消费者不仅左右市场，还左右了作曲家的创作。钢琴曲和歌曲是作曲家最常用的写作形式，这些乐曲通常是一人自娱或两人同奏（唱）的简单规模，不论是身处自家还是受邀做客都便于演出，所以许多原为管弦乐曲或歌剧的作品，都因为女性爱乐者的这个需求而得到改编。除了负责创作的作曲家们，简·奥斯汀和其他女性爱乐者也形塑了当时音乐文化的一部分。她们的乐谱见证了时代的流行走向，破除了音乐历史中的欧陆神话，更重要的是她们"*enriching their homes and their intellectual, cultural, spiritual and physical lives*"③。这一群女性音乐爱好者对音乐做出的贡献不容小觑。

简·奥斯汀在给姐姐的信里曾经写道——"*an artist cannot do anything*

---

① Ibid, p. 57.
② Ibid, p. 58.
③ Ibid, p. 66.

slovenly"（Nov. 17，1798），艺术家必须要有高标准的自我要求，简·奥斯汀也是如此。Miriam F. Hart 认为 "*The hours of endless repetition required in music study echo the detailed revision for which she is noted in her writing*"①，写作和弹琴一样，不仅需要长时间的耕耘，还要讲究细节，基于这种艺术领域上的同质性，Robert K. Wallace 进一步指出，"*these two artistic activities, carried on side by side during Austen's most active years as a writer, were, if not mutually influential, at least mutually reinforcing*"②。音乐对简·奥斯汀在写作方面的影响，今人只能猜测，然而可以肯定的是，弹琴是简·奥斯汀写作之外的另一个出口、一个灵感停滞时的排遣，以及独身生活的慰藉，就如同 *Persuasion* 中的 Anne Elliot，"*when she played she was giving pleasure only to herself*"③。

第四节　简·奥斯汀与作曲家

　　简·奥斯汀的人生正好与 4 位伟大作曲家的辉煌时期相重合，他们分别是海顿、莫扎特、贝多芬和舒伯特。前两位在简·奥斯汀出生之前出生，而后两位则在简·奥斯汀去世之后去世。简·奥斯汀去世时舒伯特才 20 岁，那时他的名声还未传到维也纳以外的地方，因此简·奥斯汀从未听说过这个名字。然而，简·奥斯汀应该偶然听说过贝多芬，甚至听到过贝多芬的音乐。因为 18 世纪末，贝多芬正在英格兰进行表演。简·奥斯汀住在巴斯的时候至少听过一首莫扎特的交响乐，或者是被称为"序曲"的音乐。然而，简·奥斯汀那个时期的信件只有少部分留存了下来，所以我们根本无法确定她到底参加了多少场音乐会。当然，我们也很难确定她是否定期去参加音乐会，所以她也许还听过其他人的曲子。在简·奥斯汀私藏的乐谱中，至少有两首来自莫扎特。其中一首是由伯比奇演奏的一组变奏曲，基于《魔笛》中的一段咏叹调。另一张乐谱则是她亲自抄写的，名为

---

　　① Miriam F. Hart, *Hardly an Innocent Diversion: Music in the Life and Writings of Jane Austen*, p. 65.
　　② Robert K. Wallace, *Jane Austen and Mozart: Classical Equilibrium in Fiction and Music*, p. 263.
　　③ Jane Austen, *Persuasion*, p. 45.

《新约克公爵进行曲》,是由科德斯特里姆乐团演奏的,她甚至都不知道这首曲子的创作者是莫扎特。实际上,这首曲子改编自《你再也不要去做情郎》,选自歌剧《费加罗的婚礼》。

  18世纪结束之前,对英格兰有着巨大影响的作曲家其实是约瑟夫·海顿。作为欧洲最伟大的音乐家,海顿受到的待遇是自亨德尔之后无人能比的。在经理人 J. P. 所罗门的建议下,海顿 58 岁时第一次造访了英格兰。很快他就获得了巨大的成功,他的音乐在伦敦各地的音乐会上被频频演奏。从 1791 年 1 月到 1792 年 6 月,海顿一直住在伦敦,为很多不同的场合创作音乐。他参与了威斯敏斯特修道院举办的亨德尔纪念仪式,在那里他被亨德尔所创作的《弥赛亚》深深震撼,于是他决定自己也要创作一部清唱剧(这便是后来的《创世记》)。在伯尼博士的建议下,他被邀请至牛津大学,并获得了音乐博士荣誉学位。从伦敦的市长到威尔士的公主,海顿被社会各界所追捧,获得了无数的荣誉,所到之处,没有一处不欢迎他。海顿极其享受在英格兰的时光。两年之后,他再度造访了英格兰,结果证明这次造访比第一次更加成功。在这个过程中,他来到了巴斯,住在韦南齐奥·劳奇尼位于佩里米德的别墅里。劳奇尼是一位著名的男高音歌唱家,他退休后开始在巴斯的新礼堂里举办每周一次的预售制音乐会。这两次的造访都使海顿赚取了大量的金钱,他甚至感觉在伦敦受到了比在家乡更多公众的尊重。他最后的 12 部交响曲,《所罗门交响曲》或叫作《伦敦交响曲》,都是他在伦敦市为演奏会所创作的,也都是他成就最高的曲目。而这其中之一,第 100 号交响曲《军队》正是简·奥斯汀于 1805 年 4 月 17 日的那个星期三在巴斯的一场音乐会上听到的。然而,在随后简·奥斯汀给卡珊德拉写的信中,她对这场演奏所做的唯一评价却是:"卡珊德拉是对的,我应该穿那件给纱袖子的衣服出席。"[①] 当然,这也证明了简·奥斯汀也许在其他的信件中已经对这场音乐会做出了评价,只是那封信后来丢失了。一方面,简·奥斯汀确实是被海顿的音乐深深地打动了,她抄写了一整份这首交响乐的乐谱(《C大调奏鸣曲》);另一方面,也许简·奥斯汀认为,她还没有资格来谈论一场专业演奏的优缺点。当安妮·艾略奥特出席位于巴斯集会厅的演奏会时,虽然音乐可以带来"愉悦"或"忏悔""兴奋"或"吃惊"的情感,但人们对这些音乐的评价却很难说是客观的。温特沃斯上校对艾略奥特博士怀有强烈的忌妒,而他身边坐的正是

[①] 《简·奥斯汀书信集》,第 103 页.

安妮·艾略奥特。他们一起低着头看演奏会的曲目，温特沃斯上校十分"严肃地"讨论这场音乐会，并且表示他"很失望，本来期待听到更好的演唱"。① 不过，总体来说，他承认在演唱结束时并不感到遗憾。然而，安妮作为一名音乐家，她会为表演者辩护。对简·奥斯汀来说，更重要的不是他们对音乐的评论，而是这些角色的思想状态。同样，在给姐姐卡珊德拉的信中，简·奥斯汀认为，她更加关注是否要把他们都写出来，而不是她对最新"序曲"的意见。

作为负责把海顿带到英格兰的关键人物，18世纪末期，所罗门在伦敦的音乐会组织中拥有重要地位。他本身也是一名小提琴手和作曲家，曾与J. C. 巴赫（人称"伦敦巴赫"）在汉诺威广场上他们一起建造的房屋里共同演奏。18世纪80年代时，也正是在这里，海顿和莫扎特的交响曲被介绍给大众。随后在1813年，所罗门开始投身于爱乐协会（后来被称为皇家爱乐协会）的组建之中。他也带领古典音乐学院与古典音乐协会一起，为满足早期人们对音乐日益增长的兴趣而服务。但是，如果以他带领海顿到英格兰这一行为来评价他的成就，这也的确是出乎意料的成功，那么他就是在音乐广泛传播和支持公共音乐制作的时代中很多成功经理人中的一员。与很多在令人心旷神怡的花园里举办的其他预售音乐会和义演一样，在国王剧院、秣市剧院以及有时候在林肯费尔兹广场和考文特花园也会有歌剧表演。清唱剧成为全国不同城市的教堂和节日里最常见的表演。最重要的是，自1715年起，由格洛斯特、伍斯特和赫里福联手举办的三郡合唱节在时代的进程中极大地推行了亨德尔的音乐。

在这个时期，很多著名音乐刊物的出现也反映了人们对音乐日渐增长的喜爱之情。1776年，伯尼创建的《音乐通史》第一期发行。约翰·霍金斯在同年创办了《音乐科学史与音乐实践》。与此同时，威廉·博伊斯正在创作一系列的音乐，使人们更加了解了伊丽莎白时期和雅各宾时期的作品。虽然亨德尔于1759年去世，但他的音乐在统治了18世纪上半叶之后，继续统治着18世纪下半叶。他在英国音乐中的地位，乃至在王室中的地位都愈发稳固。根据范妮·伯尼的描述，乔治三世会骄傲地回想起在他小时候，亨德尔是这样评价他的："只要这个男孩在，我的音乐永远不需要一个保护者。"② 威斯敏斯特修道院举办了多场亨德尔的纪念仪式，海顿曾参

---

① 《劝导》，第190页。
② 范妮·伯尼，《D. 阿比来女士的日记与书信》，第4卷，第248页。

加的那场纪念亨德尔百年诞辰的开幕式就是其中之一。这些都是亨德尔人气无与伦比的证明。这些壮观的纪念活动由古典音乐协会组织筹办，至少有 500 名表演者参与其中，也为慈善事业创造了可观的利润。毫无疑问，乔治三世在一开始就对这个活动报以巨大的热情，他的投入也有着相当大的影响，每次活动都持续好几天。与在威斯敏斯特修道院举办的音乐会一样，类似的活动也会在位于牛津街的万神殿举行。伯尼描述万神殿为"就算不是世界上最优雅的，也一定是欧洲最优雅的建筑"。第一场亨德尔的纪念仪式举行于 1784 年 5 月，这唤起了人们对音乐的热情。即便彩排只收取了正式表演一半的费用，但依然座无虚席，以至于第一场和最后一场的表演不得不再重演一次。第二年，伯尼发表了《于威斯敏斯特修道院和万神殿举行的亨德尔纪念仪式演出实录》，这是对这一事件的官方历史记录。他在这本书中评论道："在此之前，音乐从未统治过如此庞大的演奏厅。"

亨德尔的作品出现在奥斯汀家族最早期留存下的合订本乐谱中，比如《水上音乐》的选段、《犹大·马加比》中的一段进行曲以及管风琴协奏曲。也许年轻的卡珊德拉·利在她结婚前就演奏过其中的一些乐曲。在另外一本乐谱中有一份《哈利路亚》合唱曲的二重奏（不是与风琴就是与大键琴的重奏），由约翰·马什改编，节选自《牧师扎多克》，这个版本并不常见。马什是一位精力极其充沛、在很多领域均有涉猎的绅士——他是作曲家、本土音乐制作的热情支持者、军事战略家以及全方位的自传作者。他的自传《我的私人生活史》（History of My Private Life）在加利福尼亚州圣玛利诺的惠丁顿图书馆里有 37 卷之多。他也是 18 世纪下半叶唯一一位依旧创作交响曲的英国人，他先后在家中、索尔兹伯里、坎特伯雷和奇切斯特创作的作品，在当地的小镇上被一些业余乐团演奏。人们在剧院和伦敦的一些美丽的花园中也能听到他的音乐，而且全国的教堂和教会都在使用他创作的圣歌和赞美诗。马什对声学十分感兴趣，他甚至有一架微分音钢琴。但他个人最喜爱的乐器是风琴——在那时，只有很少一些教堂拥有风琴，主日崇拜时的音乐一般都是由一群不同的乐器手演奏的。在简·奥斯汀收集的乐谱中，除了有他对亨德尔作品的改编，还有他自己创作的两首前奏曲和赋格曲。[1]

在简·奥斯汀的闲暇时间中，她还演奏来自一些与亨德尔风格完全不

---

[1] 约翰·布鲁尔，《想象的乐趣：18 世纪的英国文化》。第 532—572 页。

同的作曲家的音乐，然而，与亨德尔相像的一点是，他们大多数是定居在英格兰的外国人。其中一位叫多梅尼科·科瑞，在爱丁堡时，他是一位音乐教师和音乐会推广者，之后他搬去了伦敦，在那里他开展了自己的音乐出版事业。他为舞台表演创作音乐，包括一些伴奏和很多歌曲。同时，他是音乐理论书籍的作家，他出版的书籍包括《乐理全析》和《音乐词典》。他还出版了其他人的音乐作品。简·奥斯汀拥有的名为《大键琴和钢琴作品选录》的一本书就是由他出版的（这两种乐器在当时都被广泛使用，出版商——当然还有作曲家——选择这两种乐器是很明智的，因为可以避免投资损失）。这本书包括 24 首不同的改编作品，其中就有一首是科莱里演奏的协奏曲，节选自亨德尔《应景神剧》的序曲，以及两首海顿的奏鸣曲（《67 号协奏曲》《74 号协奏曲》）。然而，这些似乎都不是简·奥斯汀最常弹奏的曲目，她更加喜爱的是那些相对而言不那么流行的曲目。比如，她曾练习过两首约翰·舒伯特的奏鸣曲。在 18 世纪上半叶，舒伯特创作了很多以键盘乐器，比如大键琴，为主的，有时会以其他乐器为辅的作品。很明显，简·奥斯汀对他的作品有着非同一般的热爱，因为她把更多舒伯特的奏鸣曲放入了自己的收藏中。她与她的嫂子伊丽莎白·奥斯汀都拥有 3 首舒伯特交响乐曲谱的副本，并且乐谱上还包含小提琴和两只圆号所演奏的章节。

在简·奥斯汀收藏的钢琴谱中，曲谱数量最多的是依格那兹·普雷耶尔（Ignaz Pleyel）的 14 首小奏鸣曲。普雷耶尔早期的作品非常有前途，莫扎特认为他非常有可能取得海顿那样的成就，毕竟他是海顿的学生。但是，随着他的大量创作，他的作品中出现了一些模仿海顿风格的痕迹，这导致了他的名誉下降，以至于最终默默无闻。过了一段时间后，他以指挥家的身份开启了自己另一段杰出的职业生涯。于是，就在海顿第一次造访英格兰的时候，他也被职业音乐协会邀请至了英格兰。虽然这是他应得的待遇，但他可能没有意识到，自己已经被认作他曾经老师的竞争对手了。普雷耶尔在巴黎的时候成了一名音乐销售商，也正是在那里，他于 1807 年建立了最著名的钢琴工厂。

18 世纪末期，统治英格兰钢琴演奏曲目的两位作曲家是穆齐奥·克莱门蒂和他的学生 J. B. 克拉莫。这两位都是杰出的钢琴家，在钢琴这项乐器的发展还处于摇篮时期时，他们在钢琴的弹奏技巧上就已经有了很深的造诣，并且都写出了能够展现和拓宽钢琴本身能力的乐曲。简·奥斯汀会弹奏他们的作品。她很清楚克拉莫作为一名钢琴作曲家的重要性，因为在弗兰克·丘吉尔随着钢琴一起送给简·费尔法克斯的乐谱中，就包含了克拉莫的作品（有趣的是，克拉莫是唯一一位在简·奥斯汀的小说中拥有自己名字的作曲家）。① 简·费尔法克斯是一位技艺高超的钢琴家，她总是会练习一些对她来说需要更高的弹奏水平的钢琴曲目。于是，我们可以假设简·奥斯汀同样喜欢不时地为自己设下挑战，因为她弹奏的钢琴曲中也包含了一些非常有难度的作品，当然也有一些非常容易的作品，比如 J. C. 巴赫的奏鸣曲，伯尼尖刻地评价其音乐风格为"女士们弹奏起来也毫无难度"。② 要学会像斯特伊贝尔特一样创作大协奏曲这样的名曲，一定会遭遇很多麻烦。他著名的《暴风回旋曲》是当时在业内最受欢迎的曲目之一。然而，简·奥斯汀就有一份曲谱的副本，并且曲谱上她的铅笔记号也表明了她在这首乐曲上下了很大的功夫。这首《暴风回旋曲》之所以受欢迎，不仅因为其精湛的技巧，还因为它具有非常高的音量。斯特伊贝尔特也成了日记作家夏洛特·帕彭迪克批判过的众多作曲家之一，因为帕彭迪克认为，在这首乐曲中，"音乐的魅力"被"噪声"所取代。玛丽安·达什伍德在米德尔顿夫人的钢琴上"弹奏了一首激情的（吵闹的）协奏曲，为埃莉诺和露西提供了有效的掩护。埃莉诺看准饭后的牌娱时间，趁机同露西坐在一张桌前，恰巧离玛丽安正弹奏的琴也近，更方便此次谈话不被牌桌上的其他人听见"，露西·斯蒂得以向埃莉诺透露她与爱德华·费拉斯之间的小秘密。③ 至少这一点表明了给简·奥斯汀留下深刻印象的正是斯特伊贝尔特的作品。④ 这样看来，这首乐曲非常有可能是在1797年5月1日所罗门的义演上第一次进行表演的。那时简·奥斯汀正在将《埃莉诺与玛丽安》改写为《理智与情感》，她完全有可能从哥哥亨利那里听说了这部轰动一时的作品，毕竟亨利一直非常享受伦敦的音乐生活，也非常可能会与简·奥斯汀讨论最近的音乐会。无论如何，当这部小说最终于1811年出版时，简·奥斯汀立刻名声大噪。当那些具有音乐理论基础的读者们看

---

① 《爱玛》，第 242 页。
② 查尔斯·伯尼 (Charles Burney)，《音乐通史》(*A General History of Music*)，第 4 卷，第 482 页，伦敦，1776—1789 年。
③ 《理智与情感》，第 149 页。
④ 帕特瑞克·皮戈特 (Patrick Piggott)，《单纯的消遣：简·奥斯汀生活与作品中的音乐》(*The Innocent Diversion: Music in the Life and Writings of Jane Austen*)，第 163 页，伦敦，1979 年。

到书中的玛丽安弹奏那首壮丽的协奏曲时，他们的思绪一定会立刻被牵动。

尽管简·奥斯汀拒绝在众人面前演唱，但她还是收集了很多歌曲和声乐作品。其中有海顿的英国抒情小曲或摘自格鲁克的著名歌剧《奥菲欧与尤丽狄茜》中名为《世上没有尤丽狄茜我怎能活》这样重要的歌曲，也有一些民谣，还有来自作曲家如迪布丁、阿恩、谢尔德创作的流行于舞台表演中的歌曲。其中一些是独唱曲，但大部分都是二重唱。最令人惊讶的作品则是《马赛进行曲》，简·奥斯汀抄写乐谱时为它起名为《马赛行军曲》。她当时无法得知这首歌曲的重要程度（因为这首歌于1795年才成为法国大革命的官方歌曲），所以她大概只是喜欢这个曲调罢了。

简·奥斯汀收集的音乐作品流传至今，出现了一个令人惊讶的空白区（当然，必须谨记的是，这些幸免于难的乐谱只是简·奥斯汀所有收藏品中的一部分）。在所有打印的声乐作品中，有两大组苏格兰歌曲，分别有30首和26首，其中仅有一两首歌在今天依旧非常出名，比如《远方的声音》，其实这首歌并非来自苏格兰，而是来自诺森伯兰，而更多的歌曲并不为人所知。但是，这其中完全丢失的是爱尔兰歌曲。考虑到当时摩尔的《爱尔兰谣曲》非常受欢迎，因此有人认为，简·奥斯汀应该收藏了一些爱尔兰歌曲。托马斯·摩尔10部作品中的第一部于1807年出版，此后直至1834年他都在持续发表自己的作品。他的音乐采用了传统的曲调，最近出版的《爱尔兰古代音乐》印刷版中收录了很多这种传统的曲调。托马斯·摩尔还采用了十分合适的凯尔特族诗文作为歌词，并辅以特殊的伴奏。直至维多利亚时期，他的《爱尔兰谣曲》在上流社会间依旧流行，很多歌曲比如《我国珍贵的竖琴》《常在万籁俱静的夜里》《吟游男孩》也逐渐传入全国人民的耳中。在与钢琴一起被送给简·费尔法克斯的乐谱中包含了一组"新爱尔兰小调"——"有人也许会期待个一刻钟吧"弗兰克·丘吉尔这样评价道①——他们继续假装这些礼物来自住在爱尔兰的坎贝尔上校，或者想得更大胆一些，是由迪克逊先生送来的。那是在1815年，大概已经是托马斯·摩尔所发行的第四部作品了。但简·奥斯汀依然会弹奏《罗宾·阿戴尔》，这是一首被收录在托马斯·摩尔的第一部出版作品中的曲子。显然，如果不是简·奥斯汀拥有这些作品的话，她不可能这么熟悉它们。

---

① 《爱玛》，第242页。

在简·奥斯汀的音乐收藏中，尤其是在曾经属于她母亲的那部分收藏品中，最早的琴类乐谱主要为大键琴而非钢琴，尽管多数的大键琴乐谱都改编自其他乐器。虽然 18 世纪中期钢琴就已经被引入英格兰——多数由楚姆佩或鲍尔门制作——但是直至 18 世纪 60 年代很多德国钢琴制造家来到英格兰之后，钢琴才开始大批量供应。而钢琴真正流行始于 18 世纪 70 年代，当时英格兰的大键琴制造家约翰·布洛德伍德开始基于楚姆佩的设计制造方形钢琴，并于 1783 年设计了新型号的钢琴，那时他也仍在制作大钢琴。这些乐器获得了巨大的成功：市场需求量迅速上升，以至于到 18 世纪 90 年代末，布洛德伍德每年都要生产 400 架方形钢琴和 100 架大钢琴。这些数据在 19 世纪初时仍在不断增长，很多主流音乐家也都在使用这些乐器。于是大键琴被渐渐取代了。到 18 世纪 90 年代初，大键琴的需求量明显下降。最后一架大键琴被制造于 1800 年。

这样的变化在简·奥斯汀早期的作品中有所体现：在 1792 年简·奥斯汀创作的《凯瑟琳》一书中，年轻女士们所弹奏的就是大键琴。但是，仅仅一年或者一年多之后，简·奥斯汀在《苏珊夫人》中描写道①，移至弗雷德里卡休息室中的乐器已经变成一架"小型钢琴"（其实就是方形钢琴）。在《诺桑觉寺》中，年轻的凯瑟琳·莫兰"非常热衷于按下一个个复古的钢琴键，让它们发出叮叮咚咚的声音"（然而，一旦让她上音乐课，她就无法再享受其中了）。② 没有其他任何现代乐器能再进入富勒顿（Fullerton）的家中了，这并不是由于经济原因——她的父亲"相当独立，还拥有两种谋生手段"——仅仅是因为这个国家的神职人员不愿意跟随潮流而做出改变，尤其是在音乐方面。当然还有一点出于文学上的考虑："复古的钢琴键"符合凯瑟琳对于任何古怪有趣的、老式的物品所具有的浪漫品位。年轻的简·奥斯汀住在史蒂文顿时最早练习的乐器可能就与这类似。③

在 19 世纪初，虽然钢琴仍然是音乐创作的主流乐器，尤其是在家中，但另一种乐器也慢慢出现在人们的休息室里。"爸爸和妈妈今天一整晚都闷闷不乐"路易莎·玛斯格罗夫说道，"其是妈妈……我们大家一致认为

---

① B. C. 索瑟姆，《简·奥斯汀的文学手稿》（*Jane Austen's Literary Manuscrpts*），第 45 页，牛津，1964 年。
② 《诺桑觉寺》，第 14 页。
③ 帕特瑞克·皮戈特，《单纯的消遣：简·奥斯汀生活与作品中的音乐》，第 137—138 页。

最好能带上竖琴，因为比起钢琴来，竖琴似乎更能让妈妈快乐。"① 简·奥斯汀在《劝导》一书中这样描写道。在一些追求时尚的家庭里，不仅仅是大钢琴，竖琴也取代了旧版的方形钢琴，这就是在阿普克劳斯庄园的老宅中发生的事。"在那旧式的方形客厅中……房主的两个女儿已陆续在里面摆放了一架钢琴、一架竖琴……"② 竖琴尤其受女士们的喜爱。

  这种乐器的形状在各方面都被严格地计算过，以显示出表演者最美丽的一面。整体的坐姿、手臂弯曲的优雅线条、踏板上精致的鞋子、可爱的脖颈轻微倾斜的角度，最重要的则是迷人的面部表情。当一位演奏者自然而优雅地坐在竖琴旁时，这一切都在瞬间映入人们的眼帘。③

  在当时，竖琴并不是一件用于演奏的乐器。但是随着18世纪下半叶踏板的引进，人们得以用竖琴来演奏小调，从而使竖琴的演奏更为灵活。而在1801年，塞巴斯蒂安·艾哈德的改造使竖琴愈发完美。他发明了双次动作踏板竖琴，这就意味着两次连续半音间的弦可以缩短，单弦上可以弹奏出降半音、自然全音和升半音。1810年，他把这套系统应用在竖琴所有的弦上，于是，每当在7个踏板中选择一个升高或降低一到两级时，当前音调下的所有8度音阶都会升高或者降低半度或一度。这基本与我们如今所使用的竖琴一样，它似乎也就是玛丽·克劳福德送至曼斯菲尔德庄园的竖琴。

  玛丽·克劳福德深知，艺术成就只是竖琴价值的一小部分，而更重要的是它使一位年轻的女士更具有视觉吸引力，并且使她们在异性的眼中更加迷人。竖琴优美的曲线和女性化的外观已成为这个乐器本身的延伸。当人们凑近观察时，也会不由自主地被它的动人声音吸引。玛丽·克劳福德非常谨慎地选择她的乐器。一架钢琴，尤其是方形钢琴，是无论如何也无法像竖琴那样提供视觉上的吸引力的，就算有，钢琴方正的外观就像一堵墙一样挡住了表演者一半的身体，人们只能欣赏她的背影。相对机械的钢

---

① 《劝导》，第50页。
② 《劝导》，第40页。
③ 《摄政礼仪：优雅之镜》，第194—195页。

琴弹奏动作当然也完全不具有轻柔地抚弄竖琴时所带来的感官享受。男性听众会感觉自己仿佛被竖琴的声音拥抱。

从女性优雅的角度出发，钢琴无疑是第二选择。相较于玛丽·克劳福德，钢琴更适合玛丽·班纳特。

当亨利·奥斯汀在位于斯隆街的房屋里举行聚会时，竖琴应该是所有人关注的焦点。伊丽莎·奥斯汀也会弹奏竖琴。她曾经叫伊丽莎·德·傅伊利德（Eliza de Feuillide），在法国大革命之前居住在巴黎，是奥斯汀家中活跃而又闪耀的一员。她收藏的两卷乐谱留存至今，其中一卷还是在巴黎印刷的。伊丽莎·奥斯汀热爱音乐，有一次她甚至表示，将向社会推荐她的书、竖琴和钢琴（虽然这听起来完全没有说服力）。[①] 1811 年，简·奥斯汀与她的哥哥和嫂子一起住在伦敦，她在给住在古德汉姆的卡珊德拉写信时提到了一场即将举办的聚会，因为会有一些专业的音乐家进行表演所以她非常期待能听到竖琴的演奏：

> 聚会的时间已经确定了，非常近，就在下个星期二。至少有 80 人受到了邀请。聚会上会有一些非常棒的音乐表演，他们还花钱雇了 5 位专业的音乐家，其中 3 人是专业的合唱家——范妮一定会对这个感兴趣的。还有一位音乐家是乐团中的竖琴首席，我非常期待他的表演。[②]

18 岁的范妮·奈特是她们的侄女，她当然被勾起了兴致。范妮·奈特有着十分敏锐的音乐触觉，并且已经成为一名小有成就的钢琴家，她经常会为舞蹈或者聚会伴奏。一个星期后，简·奥斯汀又写了一封信，讲述了这次聚会中有关音乐的一些细节，这封信更多的是给范妮而不是给卡珊德拉写的（信中出现了一些奇怪的词语，那是简·奥斯汀和范妮·奈特都会使用的）：

> 聚会上的音乐简直精彩绝伦。开场音乐是亨利·毕肖普爵士

[①] 1799 年 10 月 29 日致费拉德尔菲亚·沃尔特（Philadelphia Walter）的一封信，RA. 奥斯汀·利，《奥斯汀家族选集》，第 173 页。

[②] 《简·奥斯汀书信集》，第 180 页。

的作品,之后其他人相继表演了《和平与爱之曲》《罗萨贝尔》《红十字骑士》和《可怜的昆虫》等曲目。歌曲之间有竖琴独奏或竖琴与钢琴二重奏的表演。竖琴的演奏者是魏佩特(Wiepart),他似乎非常有名,但我确实是第一次听说他的名字。一位女性歌唱家——戴维斯小姐一身蓝衣出现在公众面前,她的声音确实非常优美。这些花钱请来的音乐家都表现得十分令人满意。无论人们怎么劝说,其他业余的音乐家都不愿意再上台表演了。直到12点之后人们才相继离开。如果你还想知道更多的情况,你可以问我,但我似乎已经都讲得差不多了。[①]

这里有几件有趣的事情值得注意。一件是聚会中出现了"竖琴独奏或竖琴与钢琴二重奏"。这两种乐器的二重奏是很常见的,伊丽莎的音乐收藏中就有这样的曲子。竖琴的演奏者可能是约翰·魏佩特,或者是他的弟弟迈克尔,他们两人来自德国,在伦敦定居后享有很高的声誉。约翰·魏佩特经常会在考文特花园和德鲁里街进行表演。他曾对歌舞剧《加里·欧文》中的音乐进行了改编,之后这也成为简·奥斯汀收藏的乐谱之一,这或许就发生在她欣赏约翰·魏佩特或者他弟弟于斯隆街的表演之后。正是由于这些音乐家卓越的表演(当然戴维斯小姐在当时已经非常有名了),因此没有一位宾客愿意上台表演也不足为奇。但是,当时雇这些音乐家并不是为了给他们举办音乐会,而是为了制造一些音乐,使聚会的夜晚显得更为盛大。

范妮随后也开始学习竖琴。有人认为,这在古德汉姆是很理所当然的一件事,因为范妮就是会演奏社会上流行的乐器。然而,真正的原因还是她对音乐的热爱。1814年,当范妮拜访她的朋友玛丽·奥克森登时,她听到了一直以来被描述为"美妙的"竖琴音乐,这次经历使她自己也想学习竖琴。一开始,她师从一位坎特伯雷当地的音乐教师。当她前往伦敦,在与亨利·奥斯汀一起居住的3个星期里,她抓住机会向一位杰出的音乐家菲利普·詹姆斯·迈耶学习,并为此特意从新邦德街的教堂里租借了一架竖琴。当时,简·奥斯汀也与他们住在一起。在给卡珊德拉的信中,她表达了对音乐教师,特别是迈耶的看法:

[①] 《简·奥斯汀书信集》,第183—184页。

> 迈耶先生一个星期上 3 节课。他总是随意更改上课的日期和时间，并且从来不准时。我并没有范妮那种对于音乐老师的喜爱，迈耶先生的行为也不会使我想要寻找一位老师。实际上，我认为之所以会有老师，或者至少是音乐老师这种职业，是因为他们在课余时间被赋予了太多的自由。①

范妮对音乐的热忱由此可见。如果简·奥斯汀的话语听起来有一些刺耳，那可能是因为她回想起了年轻时那位不可靠的查德先生。

在简·奥斯汀拜访她哥哥的这段时间里，她还观察到了一些有趣的事情。亨利生病的时候（实际上，简·奥斯汀正是为了照顾他才住在那里的），药剂师哈登先生每天都会上门为他诊断病情。查尔斯·哈登年轻俊美，是切尔西和布朗普顿药房里一位成功的、极具野心的药剂师，他十分热爱音乐。简·奥斯汀在给卡珊德拉的信中描述他具有"可怕的疯狂"，因为他"坚定地相信一个不爱音乐的人是极其恶毒的"，《威尼斯商人》的第五幕第一场诠释了这一点：

> 凡是心中没有音乐，
> 也不为妙韵之和谐所动之人，
> 只适宜谋反、行凶和抢劫……

"我大胆地提出了与以往不同的观点"简·奥斯汀在信里还写道，"希望这仅仅是出于对他才华的欣赏"。② 她对于音乐那种矛盾的心理又一次体现了出来：她自己作为一名爱乐者，不应该将音乐作为衡量他人道德的标准。她与莎士比亚之间的观点对比是很引人注目的，但是后来，莎士比亚在英国音乐盛行的时候仍在写作，简·奥斯汀却停止了。简·奥斯汀被这位热爱音乐的年轻药剂师所吸引。实际上，他是如此才华横溢，以至于简·奥斯汀完全无法将他看作一名药剂师（药剂师在医学界中的级别最低）：

---

① 《简·奥斯汀书信集》，第 303 页。
② 《简·奥斯汀书信集》，第 300 页。

他不是药剂师，他从来都不是药剂师，这个街区没有药剂师……他就是哈登，仅此而已。他是一个有着两条腿的、杰出到令人无法形容的生物，介于人类与天使之间，但是他身上绝对没有一点点药剂师的影子。他也许是这儿附近唯一一个不像药剂师的人。①

简·奥斯汀有一份手抄乐谱，是迪布丁的《士兵的告别》，而她将歌词中的"士兵"写成了"水手"。

简·奥斯汀对安妮同父异母的妹妹卡洛琳怀有更多的同情之心。卡洛琳住在史蒂文顿，自己没有钢琴，只能去别人家练习。当卡洛琳前往乔顿做客时，她抓住每一个机会练习她最爱的曲目。也许是因为听了太多次她的弹奏，卡珊德拉在给简·奥斯汀的信中提到了这一点。于是，简·奥斯汀在伦敦给卡洛琳写信，并且温柔地鼓励她：

你一定会有练习音乐的机会，我也相信你能够保护好我的乐器。对于乐器，任何时候都不要有不正确的使用行为。除了特别轻的东西，其他的一律不允许放到钢琴上。除了托马索·吉沃尔唐尼的《隐士》，我希望你能尝试练习一些其他的乐谱。②

此后，钢琴成为她与小侄女来往信件中一个常见的"人物"，表达着它的赞扬以及被卡洛琳再次弹奏的渴望：

钢琴会经常以不同的键音、曲调和声调提醒你，无论是音乐选段还是乡村舞蹈伴奏，无论是奏鸣曲还是华尔兹，你都是它永恒的主题。③

有意思的是，对钢琴拟人化的表达似乎成了简·奥斯汀的一种习惯：她曾经在拜访邻居之后给卡珊德拉写信，说她"发现只有兰斯夫人在家，

---

① 《简·奥斯汀书信集》，第 303 页。
② 《简·奥斯汀书信集》，第 294 页。
③ 《简·奥斯汀书信集》，第 326 页。

无论她如何吹嘘她的孩子，她身边的钢琴都缄默不语"。①

3 位合唱成员在亨利和伊丽莎的晚宴上所表演的曲目由约翰·瓦尔·卡尔柯特创作，他是当时最多产的声乐作曲家之一。卡尔柯特出生于 1766 年，生活在英格兰最重要的本土音乐发展的巅峰时期直至 18 世纪末。重唱是一种最基本的声部组合形式，通常有 3 种不同音调的声音，乐句短小且具有强烈的特点，被反复出现的韵律、不同的节拍和一点旋律的展开分隔开来。歌词可以使用当下流行的语句，反映日常生活中人们所关心的方方面面的事情——爱情、饮食（准确来说是饮酒）——或者也可以使用比如"洞穴""和风"或"藤蔓"等传统的词语来暗讽当今诗歌中空洞的情感。尽管这些声调的组合形式大多数都比较简单，但它们经常出现在对比声部，也经常会与早期更加复杂的音乐有所关联，比如卡农、无伴奏小曲甚至赞美诗。这些曲调大量地出现在合唱和音乐俱乐部的表演中，并在 18 世纪末风靡全国。

贵族绅士音乐俱乐部成立于 1761 年，威尔士王子和克拉伦斯公爵（还有之后的乔治四世和威廉四世）都是这个俱乐部的杰出会员。除了贵族阶级，这个俱乐部的会员还包括大量的音乐家，托马斯·阿恩就是其中一员。

每个星期四，俱乐部的成员们都会聚集在圣詹姆斯街上的茅草屋酒馆里，聚会由每个人轮流主持。每年俱乐部都会评选出一些精彩的音乐作品并为创作者颁奖。卡尔柯特在 1787 年提交了近百首作品，于是俱乐部不得不增加一条新的规定：同一个奖项每个作曲家不得提交超过 3 首作品。其他位于伦敦的音乐俱乐部还有 1766 年成立的阿克那里翁协会和 1783 年成立的合唱俱乐部。这两家俱乐部的聚会地点都位于斯特兰德的王冠海锚酒馆。前者的官方俱乐部歌曲是约翰·斯塔福德·史密斯的《致天堂里的阿那克里翁》，每次聚会开始之前这首歌曲都会被演奏。而后者则选择了塞缪尔·韦伯于 1790 年特意创作的《辉煌的阿波罗》作为官方歌曲。这些社团的活动氛围都十分轻松，每次聚会都包含晚餐，并提供大量的红酒和烟草。据记载，一家位于坎特伯雷的音乐俱乐部供应了太多的烟草，以至于就算同时打开 3 台通风机，屋内也一直烟雾弥漫。②

---

① 《简·奥斯汀书信集》，第 117 页。
② 约翰·布鲁尔，《想象的乐趣：18 世纪的英国文化》，第 564 页。

然而，我们可以看出，这些俱乐部，尤其是位于伦敦的俱乐部，都有着贵族式的会员标准，此外，为他们表演音乐的都是专业音乐家。海顿可能也参加过考文特花园中加里克剧院的聚会，他的朋友威廉·谢尔德是会员之一。海顿当然也在聚会上为竖琴或钢琴伴奏，表演曲目是阿宾顿伯爵创作的《十二首感伤小调》。在海顿第二次造访英格兰时，他就已经与阿宾顿伯爵相谈甚欢。霍勒斯·沃波尔认为，阿宾顿"并不缺乏个人才华，但是行为粗野、思想固执，极度没有教养，却又热情而诚实"。阿宾顿是一位业余的作曲家，但也有人认可他的音乐专业性，因为他曾发表了大量的作品，除了合唱曲，还有很多不同的乐器音乐和赞美诗。

之后，合唱俱乐部慢慢变得不再专属于贵族阶级，尤其是乡间俱乐部，它开始对绅士和商人同时开放，但是这些俱乐部成员基本都是以男性为主的。而音乐俱乐部却并非如此，比如埃尔顿夫人想要安排与爱玛见面的地点就是一家音乐俱乐部。

这一切在18世纪末发生了改变。虽然女士们在俱乐部中不再表演合唱和滑稽曲，但是她们很乐于在家里歌唱。正如我们在亨利·奥斯汀的宴会上看到的那样，体面的家庭中通常都会自己举办音乐聚会。伊丽莎·舒特居住在贝辛斯托克附近的维尼庄园中，她将自己收集到的合唱谱仔细地折叠起来，夹在了她1793年的日记本里。她的丈夫是汉普郡议会议员，他们一定会在每一个晚间聚会上一起表演合唱。伊丽莎·舒特收藏的合唱谱中包含了当时非常著名的作曲家的作品，比如哈林顿、韦伯和莫林顿的歌曲，当然也包括阿恩的那首喝酒歌。她也收藏了一些更为早期的作品，如珀塞尔（Purcell）的滑稽曲《我们终于达成了可笑的一致》和著名的轮唱曲《倾听美丽的教堂钟声》，虽然人们认为《倾听美丽的教学钟声》出自珀塞尔，但其实作者是亨利·奥尔德里奇，还有像托马斯·莫利创作的五重唱《现在是五朔节》和威尔比创作的《弗洛拉赠予我最美丽的花》这样表达更为直接的歌曲。

《曼斯菲尔德庄园》中也有关于合唱表演的描写。在傍晚的休息室中，当范妮、埃德蒙和玛丽·克劳福德站在敞开的窗前欣赏落日的余晖时，玛丽亚坐在钢琴前，周围站着与她一起表演合唱的朋友们。玛丽亚的这个小群体人际关系似乎有些紧张：玛丽亚爱的人是亨利·克劳福德，她未来的丈夫拉什沃斯先生对于她十分关注亨利·克劳福德这一点非常不满；朱丽亚也爱上了亨利·克劳福德，并且十分忌妒她的姐姐，她认为玛丽亚并没有权利占有这个男人。范妮和玛丽亚这两个小群体所在的位置很好地向我们这些读者展示了他们之间的关系：一开始，我们与范妮一起站在窗边，即使后来玛丽和埃德蒙相继邀请范妮去钢琴的地方，她也依然一个人留在原地。对于我们来说，这时的音乐既具有视觉效果，又存在于背景之中——即使我们不知道玛丽亚弹奏的是哪首曲子，也不知道她和朱丽亚"热情邀请"玛丽一起合唱的是哪首歌，但我们很清楚的一点是，不同于在合唱俱乐部，在家庭中表演合唱的通常是女士们，而且一般都需要3个人，所以玛丽亚和朱丽亚要求玛丽加入她们。当玛丽亚弹钢琴伴奏并且与朱丽亚和玛丽合唱时，男士们则站在钢琴旁边欣赏。而我们作为读者，与范妮和埃德蒙一起站在窗边已经有一段时间了，我们完全听不到合唱的声音，因为范妮正沉浸在窗外风景所带来的"音乐"中。当其他人正在挑选演唱的曲目、分配不同的合唱声部时，范妮背对着屋内，凝视着美丽的星空和树木的阴影。只有当埃德蒙一人在旁边时，范妮才安心地表达了她的感受：

> 这里的景色多么和谐、多么恬静啊！比一切图画和音乐都美，就连诗歌也难以尽言其妙。它能让你忘掉人间的一切烦恼，使你心情愉悦！每当这样的夜晚我临窗眺望的时候，我就觉得好像世界上既没有邪恶又没有忧伤。如果人们多留意大自然的壮丽，多看看这样的景色而忘掉自我，邪恶和忧伤一定会减少。①

此时，范妮作为一个作家而非一个音乐家，用音乐的语言否定了音乐可以像诗和自然一样触及人们的灵魂这一说法。从诗歌的角度出发，简·奥斯汀也许有同样的感受。但是她不仅告诉我们范妮的感受，还展示出了一些她自己的想法。她将窗外美丽景色的"和谐"与屋内音乐家们的"和谐"进行了对比。也许她们的合唱是优美的，但她们之间并不存在"和谐"的关系。玛丽·克劳福德也无法从"邪恶"或者"世故"中脱离，因为她坚持要改变埃德蒙前往教堂的念头，这反映出了她腐朽的叔叔给她带来的不良影响。埃德蒙也曾跟范妮提过"玛丽被这样的人抚养长大"是多么的可惜。

由此可见，在曼斯菲尔德庄园的休息室中表演的音乐仅具有社交属性，而非精神属性。这样的音乐为年轻女士们提供了展示自己的机会，也

---

① 《曼斯菲尔德庄园》，第 113 页。

为表演者和观众之间的不和谐提供了掩护。另外，这种展示不仅是一种优雅的艺术成就，而且使年轻女士们具有强烈的异性吸引力。当范妮和埃德蒙一起凝视夜空，发掘窗外的美景之时，屋内的音乐表演吸引了男士们更多的注意力。克劳福德先生和拉什沃斯先生已经将蜡烛摆在了贝特伦小姐们的周围，这样他们可以更加专注地欣赏她们的表演。当时，埃德蒙正要带范妮去草坪上更好地欣赏星空，但他没有抵挡住音乐的诱惑，在合唱开始的时候，他突然停住了脚步：

> "我们等她们唱完了再出去吧，范妮。"埃德蒙一边说，一边转过脸，背向窗户。范妮见他随着歌声在一点一点地朝钢琴移动，心里感到一阵屈辱。等歌声停下时，埃德蒙已走到歌手跟前，跟大家一起热烈地要求她们再唱一遍。①

然而，作为读者，我们是不会向音乐中涉及的复杂情况妥协的，而且我们一直维持着范妮的视角：关于这个合唱表演，我们所知道的仅仅是它开始了、进行中、结束了，我们也猜测这个表演又重复了一遍。但是，如果埃德蒙与克劳福德先生和拉什沃斯先生一样被这样的表演驯服了，那么这个重复的表演对屋子里的两个人来说有着重要的意义：对于其中一个人来说，这个表演展示了他深爱的表妹的脆弱；对于另一个人来说，这个表演提供了一个献殷勤的机会。

在简·奥斯汀构建的这个场景中，我们无法亲耳听到的音乐被替换为对应的视觉描写。最后，简·奥斯汀以一个小小的咏叹结束了这一章："范妮一个人站在窗前叹息。直至诺里斯太太责备她当心着凉，她才离开。"②

范妮·普莱斯并不是一个热爱音乐的女主角，并且在《曼斯菲尔德庄园》中，音乐也一直只是作为背景出现。戏剧在这本小说的艺术活动中占据了主要的地位，音乐同戏剧一样都属于展示和吸引这个过程中的一部分。但是这些艺术活动都与范妮恬静的性格相左，范妮更喜欢一个人静静地读书或观察大自然。虽然音乐天赋并不只是角色性格的一种体现，但角色对它的态度也经常能够展示其身上一些重要的特质。

---

① 《曼斯菲尔德庄园》，第113页。
② 《曼斯菲尔德庄园》，第113页。

第四章

简·奥斯汀时代的英国音乐概况

第一节　十八世纪前英国键盘音乐的发展概况

　　在简·奥斯汀的小说中，钢琴是一再被提及的乐器，这并非出于简·奥斯汀个人对钢琴的偏爱，而是钢琴本来就是当时最普遍的乐器。另外，在小说中钢琴总是和女性相伴着出现，这也并非偶然，反而反映出了当时奇特的音乐现象——女性是钢琴演奏最大的族群，男性则对钢琴敬而远之。不只小说，许多图画（如下面【图二】）都对此现象做了见证。

【图二】倚着方形钢琴的年轻女子（c. 1825），绘图者不详，Michael Cole 摄。

第四章　简·奥斯汀时代的英国音乐概况

在简·奥斯汀的年代，男性与音乐的接触多限于理论层面，然而英国并非长久以来都有着音乐和性别之间强烈的刻板印象。16、17 世纪时，略懂音乐的男性并不会遭到轻视，相反地，适时地展现音乐才能更符合"gentleman"的身份。然而"*The charms of music were considered even more becoming to ladies than to gentlemen.*"[①]，女性演唱或演奏音乐的优雅画面逐渐形成了女性和音乐关系紧密的形象，17 世纪初有一首流传广泛的诗是这么描述的：

> *This is all that women do,*
> *Sit and answer them that woo;*
> *Deck themselves in new attire,*
> *To entangle fresh desire;*
> *After dinner sing and play,*
> *Or dancing, pass the time away.*[②]

在晚餐之后弹琴唱歌，或者跳舞消磨时间，这幅景象早在 17 世纪的诗作中就已经清楚地呈现过，同样的情景持续了许多年，简·奥斯汀在 19 世纪初出版的小说里描绘的也是同样的画面：不论是 Elizabeth Bennet（*Pride and Prejudice*）、Marianne Dashwood（*Sense and Sensibility*）、Emma（*Emma*）还是 Anne Elliot（*Persuasion*），简·奥斯汀笔下的女主角们几乎各个都会弹琴唱歌，因此小说当中总能见到这些女主角在晚宴过后一显身手的场景。简·奥斯汀验证了 Arthur Loesser 对前述诗作所给出的评论："*This only slightly overdrawn picture of unmarried feminine gentility remained a good likeness for three more centuries.*"[③]，然而从"*After dinner sing and play*"到简·奥斯汀创作出她的女主角们，这期间约莫相隔两百年，女性和音乐的关系在这两百年来越来越紧密，音乐所具有的女性形象也越来越鲜明，甚至因此使得音乐成为男性不宜从事的活动。

---

① Arthur Loesser, *Men, Women and Pianos: A Social History*, p. 190.
② Ibid.
③ Ibid.

诗作中还有一处值得注意——"*After dinner sing and play*"，Arthur Loesser 对这个"play"提出疑问——演奏何种乐器？他认为鲁特琴（lute）有相当大的可能性，古提琴（viol）则较为不可能，因为这类乐器被认为是女性不宜，另外一个可能的乐器则是古键琴（virginal）。有趣的是，同样的叙述方式在简·奥斯汀的小说当中也屡屡可见，以 *Pride and Prejudice* 为例，Miss Lucas 要 Elizabeth Bennet 为大家"*play and sing*"[1]；Lady Catherine 在初次见到 Elizabeth 时也问她"*Do your sisters play and sing?*"[2]；喝完咖啡之后，Colonel Fitzwilliam 不忘提醒 Elizabeth 曾答应过"*play to him*"[3]。

简·奥斯汀频繁地使用"play"一词，并且省去其后所演奏的乐器，对现代的读者而言显得有些不合常理，且难以判断，但在当时显然不会造成读者的困惑。从她小说里的场景以及前后文可以判断出，Elizabeth 演奏的乐器非钢琴莫属，然而这种刻意省略说明乐器的写法似乎也表明了另一项事实：钢琴在当时非常普及，且几乎所有的年轻女性都会演奏这项乐器，因此说到"play"，大家心中都有共识。简·奥斯汀也经常以"the instrument"来代称钢琴，*Pride and Prejudice* 中的 Elizabeth "*sat down directly to the instrument*"[4]。*Sense and Sensibility* 中也有同样用法，"*as Marianne was discovered to be musical, she was invited to play. The instrument was unlocked, everybody prepared to be charmed […]*"[5]，此处和 *Pride and Prejudice* 稍有不同，因为 *Pride and Prejudice* 的前文提到过钢琴，因此"the instrument"指的对象自然就是钢琴；但是在 *Sense and Sensibility* 中，前后文都未提到"钢琴"一词，显然"the instrument"当时就是钢琴的代名词，并且大家习以为常。钢琴约莫在 19 世纪初在英国普及，在那之前，英国最普及的键盘乐器则是古键琴。古键琴在英国出现的最早记录是在 15 世纪，然而一开始并未受到注视，直到 16 世纪英王亨利八世（Henry Ⅷ，1491—1547）发起宗教改革，管风琴因其为宗教服务而受到冷落，被古键琴取而代之，俗乐发展呈现一片盛况。

---

[1] Jane Austen, *Pride and Prejudice*, p. 21.
[2] Ibid, p. 129.
[3] Ibid, p. 136.
[4] Ibid, p. 136.
[5] Jane Austen, *Sense and Sensibility*, p. 29.

第四章　简·奥斯汀时代的英国音乐概况

亨利八世本身相当热爱古键琴音乐，他的女儿玛丽一世（Queen Mary，1516—1558）[①]和伊丽莎白一世（Queen Elizabeth，1533—1603）[②]对于古键琴演奏更是具有相当的造诣。在英国皇室的带动下，古键琴蔚成风气，成为宫廷仕女争相学习的乐器，因此古键琴除其名称"virginal"具有女性特征外，女性演奏者也赋予这个乐器阴性的形象。古键琴的风潮亦反映在作曲家的创作上，伊丽莎白女王在位的时期，拜尔德（William Byrd，1543—1623）、莫利（Thomas Morley，1557—1602）、布尔（John Bull，1562—1628）、吉本斯（Orlando Gibbons，1583—1625）和道兰德（John Dowland，1563—1626）等作曲家为古键琴创作了华丽而炫技的乐曲，这些乐曲为古键琴的盛况增添了辉煌的一页，作曲家们亦被称为英国古键琴乐派（English Virginal School）[③]。

到了17世纪初期，古键琴开始出现在经济较宽裕的家庭，学习弹奏古键琴便成为女儿的职责，随着时间的推移，"*keeping a virginal in the house for one's daughters*"[④]渐渐成为一种传统。事实上，古键琴不只单纯地被认为是女性适合的乐器——

> *It was evident by that time that in the array of appurtenances for achieving gentility, a "pair" of virginals was among the more easily acquired. For one thing, it was an article not expensive enough to be restricted to "the great".*[⑤]

古键琴变成晋身士绅阶级的指标，其来有自。17世纪初的古键琴一般要价约五英镑[⑥]，虽说这对收入丰厚的贵族、坐拥土地的地主或是在海外投资贸易的商人来讲，不过是九牛一毛，但是对一般经营小商店的市井小

---

① Queen Mary 在位期间为 1553—1558，她是极其虔诚的天主教徒，即位后在英格兰复辟罗马天主教（旧教），取代她父亲亨利八世提倡的英国新教。为此，她下令烧死 300 名反对人士。因其行径残忍，她故被称为"血腥玛丽"（Bloody Mary）。
② Queen Elizabeth 在位期间为 1558—1603。
③ 李美文，《英国伊利沙白时期的维吉诺音乐》，《中外文学》，第 34 卷第 12 期，2006 年 5 月，第 67—69 页。
④ Arthur Loesser, *Men, Women and Pianos: A Social History*, p. 197.
⑤ Ibid, p. 192.
⑥ Ibid.

民而言，却是一笔可观的金额，更遑论那些靠劳动维生的阶层，这项乐器根本就是他们不可企及之物。古键琴和上流社会画上等号，其成为商人致富后和上流社会看齐的第一步，这个现象就如同 Arthur Loesser 所言："*Music had its relationship to gentility, though the terms if the connection become somewhat altered from one century to another.*"①

17世纪的英国经历了政治、宗教上的诸多动荡，音乐上同样起了变化：牧歌（madrigal）逐渐销声匿迹，意大利歌剧则悄悄传入；鲁特琴（lute）和古提琴（viol）开始没落，小提琴及其家族乐器则开始兴起。在键盘乐器方面，大键琴（harpsichord）开始引领潮流，古键琴则有了法文别名"espinette"，这两者的发声原理相同，皆为拨弦乐器，最大的不同之处在于乐器的形状和大小，两者并存了一段时间。简·奥斯汀在 *Northanger Abbey* 一作中也提到女主角 Catherine Morland 年轻的时候，"*was very fond of tinkling the keys of the old forlorn spinnet*"②。英国在历经1688到1689年的"光荣革命"后，君主立宪制为历史写下新篇。1694年英格兰银行（The Bank of England）创立，英镑开始发行，并逐渐取代既有的金币和银币。政治的安定与海外贸易所带来的财富让经商致富的族群变大，买得起大键琴的家庭增多，音乐成为越来越多的英国家庭生活的一部分，也自然而然地"*become an article of commerce in England*"③，正因为音乐转型为可供消费的商品，英国的音乐发展从此有了巨大的转变。

1672年英国有了其音乐史上公认的第一场公众音乐会④，尽管意大利歌剧在英国受到相当程度的喜爱，但是相对于欧陆地区，歌剧和贵族的关联性则相对薄弱。Arthur Loesser 解释，那些把国王送上断头台，在海外另拥立新国王的英国人士，"*were not likely to feel uplifted by a true Royal Opera in the Contiental sense*"⑤。

由于缺少这份独特的优越感，加上资本主义的概念已然成形，英国音乐会变成纯然的商业活动，以赚钱为目的，这也使得作曲家有机会选择不

---

① Ibid, p. 188.
② Jane Austen, *Northanger Abbey*, p. 2.
③ Arthur Loesser, *Men, Women and Pianos: A Social History*, p. 204.
④ Ibid.
⑤ Ibid, p. 205.

同于以往的职业生涯。最著名的实例莫过于亨德尔，他放弃汉诺威（Hannover）宫廷乐长的职位到英国发展，并且将自己的音乐事业经营得相当成功。他不需受雇于他人，相反地，他拥有主导权，可以创作他想创作的音乐或他认为会赚钱的音乐，他选择他想要的乐手和歌手，一切均不需要受他人的指使，自负演出的所有盈亏。不管是贵族还是市井小民，不管是为了赶时髦还是真心喜爱音乐，只要你买得起门票（票价并非高不可攀，只要"*Half a guinea or half a crown*"①），音乐世界的大门就为你敞开。售票音乐会改变了当时的音乐风气，歌剧不再是贵族的专利，一般民众的热烈参与也带动了日后英国叙事歌剧（ballad opera）的兴起，预告了《乞丐歌剧》（*The Beggar's Opera*）在1728年以空前热烈之势改写了英国歌剧历史。

　　歌剧所受到的热烈欢迎也反映在键盘乐曲上，歌剧曲调不只被传唱，还被改编为键盘乐曲，以满足爱乐者的需求。《乞丐歌剧》一作更被喻为"*a fountain of cash*"②，短时间内相继出版诸多改编版本，为出版商赚进大笔钞票。另外，顾及弹奏这些乐谱的都是音乐程度一般的小姐、女士，乐曲还刻意改写成旋律在高声部、低声部仅有简单和声伴奏的主音音乐风格。因此不只乐曲本身来自流行的歌剧曲调，易于弹奏和歌唱的特质也使得这些改编曲受到喜爱。

　　18世纪的键盘音乐除了有歌剧改编曲，舞曲也是相当受重视的曲种，各种舞曲成套出版，为家庭聚会增添了助兴的娱乐项目。此外，带有异国风情但又非全然陌生的苏格兰和爱尔兰曲调在18世纪前半叶开始流行起来，直到18世纪末都一直非常受欢迎，简·奥斯汀在 *Pride and Prejudice*③及 *Emma*④中皆提及这两地的曲调。奏鸣曲（sonata）和组曲亦有出版品，当然这类乐曲提供的娱乐效果自然无法和前述的各种流行乐曲相比，因此出版数量相形之下少了许多。

---

① Ibid.
② Ibid，p. 207.
③ "*After playing some Italian songs, Miss Bingley varied the charm by a lively Scotch air.*" Jane Austen，*Pride and Prejudice*，p. 39.
④ "[...] here area new set of Irish melodies. [...] This was all sent with the instrument." Jane Austen，*Emma*，p. 183.

第二节 工业革命与钢琴发展概况

现代钢琴发展过程中最重要的是 18 世纪初期意大利人克里斯托弗里（Bartolomeo Cristofori，1655—1731）所制作的"clavicembalo col piano e forte"。"clavicembalo col piano e forte"被视为现代钢琴的雏形，西文中的钢琴一名"pianoforte"亦源自此。克里斯托弗里的钢琴问世后，这种经过改良、可以发出较大且较具对比性声响的乐器，立刻引起人们的注意并受到欢迎，不久之后德国也开始出现钢琴的制琴师和工作室。然而和欧洲大陆隔着英吉利海峡的大不列颠，却迟至 1750 年才有听闻并谈论钢琴的记录；而钢琴第一次真正登陆英国，已经是 1768 年的事情了[①]。因此相对于其他欧陆上的国家，英国的钢琴制造业起步晚了很多年，但这种落后的劣势在 19 世纪初却出现了大逆转，造成这种转变的主因就是工业革命。不过在谈论工业革命之前，我们必须先了解原为舶来品的钢琴，究竟是如何转变为英国本地制造的。

钢琴以一个新乐器之姿在英国打开知名度首先要归功于 Charles Dibdin，他在 1767 年 5 月 15 日的音乐会上公开演奏钢琴（尽管在这场音乐会中钢琴仅作为伴奏乐器，但此举足够吸引其他音乐家对钢琴的注意力）。1768 年的 6 月 2 日，J. C. Bach 在 Thatched House 的音乐会上独奏钢琴，这是英国最早以钢琴作为独奏乐器演出的记录。此后，Johann Samuel Schröter（1752—1788）、Muzio Clementi 等钢琴家亦在英国举办多场音乐会，他们的演奏魅力迷倒了一众英伦女性，并因此成为上流社会争相聘请的钢琴教师，钢琴便乘势在英国流行起来，带动了英国钢琴制造业的发展。

第一位对英国钢琴有重大影响的人物是 Johannes Zumpe（1735—1783），他原为德国的钢琴制琴师，曾经追随 Gottfried Sibermann（1683—1753）[②] 学习制琴技术，后来因为英法七年战争（1756—1763）而迁居到

[①] Arthur Loesser，*Men，Women and Pianos：A Social History*，pp. 218—219.

[②] Gottfried Sibermann 是德国弗莱贝格（Freiberg）地区一个制造管风琴、大键琴和古钢琴的家族成员之一。

英国。他约于 1760 年到达英国，刚开始是在当时著名的大键琴制琴师 Burkat Shudi（1702—1773）的工作室工作，后来自立门户制作方形钢琴（square piano）。他是英国钢琴制造业的先锋，亦是成功的钢琴制造业者之一。

第二位对英国钢琴发展有重大影响的人物是 John Broadwood（1732—1812），他来自苏格兰，在 1761 年进入 Burkat Shudi 的工作室工作，曾经和 Zumpe 一同共事。Broadwood 于 1769 年娶了 Shudi 的女儿 Barbara Shudi，之后又成为 Shudi 的合伙人。他对 Zumpe 的钢琴一直很有兴趣，因此在继承 Shudi 的工作室之后便开始和另外两位制琴师——Robert Stodart 和 Americus Bachers——共同研究改良 Zumpe 制造的钢琴。他们成功地改良钢琴的击弦装置，使钢琴可以发出更响亮的声音，这个改良后的装置被称为"English action"，以和德奥的"Viennese action"区分。另外，Broadwood 还在 1783 年发明了制音和柔音踏瓣，又在 1794 年将钢琴的音域从五个八度扩展到六个八度，让作曲家和钢琴家有更大的发挥空间。由于 Broadwood 的改良多是针对钢琴家的需求而做，以期使钢琴的性能及效果在演奏大厅里发挥得更加淋漓尽致，他制造的钢琴自然受到多位钢琴家的青睐。Broadwood 公司在 1818 年送了贝多芬一架钢琴，此后这架钢琴一直是贝多芬爱用的乐器，而肖邦和李斯特到英国演出时，也在音乐会上使用了 Broadwood 公司的钢琴。对当时的英国人而言，"Broadwood"就是钢琴的代名词。

对英国早期的钢琴制造有所贡献的当然不仅限于两人，许多德奥的制琴师都因为英法七年战争，以及看好英国钢琴市场的潜力而选择转往英国发展，因此早期的英国制琴技术其实是传承自德奥。然而，在 Broadwood 对钢琴进行改良之后，英国的钢琴不再是英国制造的德式钢琴，而是真正具备英国自我特色的英国钢琴，其中有些特色甚至延续至今日的现代钢琴上。因此到了 18 世纪末，英国钢琴反过来成为德奥地区制琴师的制造样品，而具备英国特色的钢琴更是欧陆琴商大力推销的卖点。

18 世纪后半叶英国钢琴改良与发展的同时，另一项重大变革在渐进当中。当时的英国人对于机械工具持有很大好奇心，具备不同功能的机械陆陆续续地被创造出来，有些玩赏价值大于实用性，有些则是彻底改变了人类长久以来的生活方式。这一段从 18 世纪后半叶兴起，并且一直持续到 19 世纪的重大转折期，彻底扭转了人类之后的生活状态，几千年来以农业为主的社会开始工业化、商业化，形成了现代社会的雏形。这场始自英国，最后传遍整个欧陆及世界他处的变革，被今人称为工业革命。工业革命带来的巨大变革并非三言两语能够道尽，但最重要的是它提升了产能，为商人带来了巨大财富。此外，因为工厂化的生产方式能够降低产品成本和售价，所以商品的市场较以往更大，消费族群更广。工业革命除带来经济效应之外，还对社会结构造成巨大冲击。受利于工业革命的新兴中产阶级，为了抬高自身的社会地位以及拉近与贵族之间的距离，其消费行为令人玩味且值得探讨，钢琴就是一个显著的例子。

工业革命之前，不论是大键琴还是钢琴都完全依赖人工制造，年产量低而售价高。然而，随着工业革命的发生，英国的钢琴制造也开始工厂化。以 Broadwood 公司为例，它在 1782 到 1802 年这 20 年间的总产量是 7 000 架方形钢琴（square piano）和 1 000 架大钢琴（grand piano），平均年产量为 400 架；到了 1824 年它的总产量已经累计 45 000 架，这意味着他在后来的 22 年间钢琴产量多达 37 000 架，平均年产量高达约 1682 架。尽管目前无法得知钢琴开始进入工厂生产线上的确切年代，但是根据 Broadwood 给出的产量，我们可以合理推断，它在 19 世纪前就开始将钢琴工艺逐步转为钢琴工业了。英国在工业革命的引领之下，成为欧洲当时钢琴产量最多的制造国，钢琴本身在工业化的大量生产后价格不再高不可攀，它从高贵的奢侈品转变为一般家庭中家具的一部分，这促使了钢琴在英国的普及化[①]。

第三节　十八世纪的英国音乐家

本章的第一节已提及，英国男性对于音乐的演奏层面是抱持避之唯恐不及的态度，然而 Mrs. C. S. Peel 观察到 "*gentlemen also sang and duets were in high favour, but play the piano gentlemen did not, that being*

[①] Arthur Loesser, *Men, Women and Pianos: A Social History*, pp. 234—235.

considered a task only fit for ladies and professional musicians"①。上述观察除了说明当时英国男性在音乐实践层面上仅有的参与情形,还明确表明了钢琴当时被视为适合女性的乐器,而这种乐器性别属性的偏见也导致英国缺乏钢琴演奏家,因为当时女性职业演奏家实属罕见(若有,则多为声乐),女性学习、弹奏钢琴仅被视为良好的娱乐休闲,并不是为了在公众音乐会的舞台上演出。Nancy Reich 在 Women as Musicians 中写道:

> *The appearance of a woman on the concert stage could undetermined the hard-won social status of her bourgeois family; consequently, even the most gifted were expected to confine their musical activities to the home.*②

当时的英国门第观念很重,女性在舞台上的抛头露面被视为有辱门风,是万万不可为之事,即便是再有音乐才华的女性也不例外。在这种男性对音乐保持距离,女性音乐爱好者又没有机会站上公共舞台的特殊环境中,英国和欧陆的音乐生态相较之下,大大缺乏本土职业演奏家和作曲家。Miriam F. Hart 便如此叙述当时英国对于音乐的态度:

> *[...] because music was considered a foreign, feminine pursuit and a dishonored profession in England circumstances, music master and historian Charles Burney devoted a lifetime trying to mitigate, and because most women could not pursue a profession at all, neither menor women were encouraged to excel musically, whether as composers or performers.*③

---

① Mary Burgan, "Heroines at the Piano: Women and Music in Nineteenth-Century Fiction", *Victorian Studies*, 30. 1 (1986): 59.

② Miriam F. Hart, *Hardly an Innocent Diversion: Music in the Life and Writings of Jane Austen*, p. 48.

③ Ibid, pp. 42—43.

音乐在当时英国人心目中的形象，不只是女性的，还是外国的。所以英国人接受来自欧陆地区的音乐家，但对于英国本土的男性音乐家的态度却截然不同，即便是像 Charles Burney（1726—1814）这样小有成就的音乐家，到最后也选择转向音乐理论层面，以摆脱社会眼光带给他的困扰。音乐的阴性形象在当时的英国形成了根深蒂固的偏见，作曲家和演奏家是男性不敢为而女性不能为的特殊职业，缺乏知名男性演奏家及作曲家也使得后来的史学家做出有失公道的判断，例如 Herbert Schueller 在将英国和欧陆地区的音乐发展做比较时，便将英国视为"*a land without music*"①。然而，以男性对音乐的参与程度和成果作为判断一个地区音乐发展的准则，便证实了 Richard Leppert 在"Social Order and the Domestic Consumption of Music"一文中所言："*The trivialization of women's activities, to men and women alike, was an essential component in maintaining the status quo based on gender hierarchy.*"② 若以性别不平等的史观来理解当时的音乐概况，必然只能获得不客观的观察，因此今日的学者必须重新回头检视，并且重建当时的历史背景以获得更客观的评论。

英国自 17 世纪中期就确立了以女性为主要的音乐活动参与者，音乐在当时的社会观念中有非常强烈的性别形象，这种传统不仅持续到简·奥斯汀生活的时期，甚至延续到 19 世纪末。从简·奥斯汀在乔顿故居丰富的藏谱中不难得知，当时女性的音乐生活相当丰富，她个人的选曲亦反映了当时的音乐品位。简·奥斯汀的藏谱包含了钢琴小品、奏鸣曲、舞曲、苏格兰和爱尔兰歌谣等，虽然种类众多，但依其演奏形式可分为两种类型：独奏曲和附有伴奏的歌曲。而这些乐曲之所以被选录并且世代传承，其原因在于这些作品不仅不需要高超的技巧就能弹奏，业余爱好者还能从中获得乐趣，另外，有的乐曲形式单一，既能一人自娱，又能两人合乐，是个人及家庭消遣活动的最佳选择。

这些曲目尽管在现代音乐会的节目单上早已绝迹，但当时却是大受欢迎的。探究这一类曲目的崛起背景，我们首先要了解的是长久以来作曲家

---

① Ibid, p. 18.
② Richard Leppert, "Social Order and the Domestic Consumption of Music", *The Consumption of Culture, 1600—1800: Image, Object, Text*, p. 519.

在宫廷、教会谋职或者依赖贵族赞助的传统，在18世纪已逐渐消失；公众音乐会以及售票音乐会的兴起让作曲家得以另辟财源、增加收入，因此当售票音乐会所获得的利润远大于他们受雇用所获得的薪资时，作曲家脱离职务的束缚已成必然之势。例如，John Brewer 在"The Most Polite Age and the Most Vicious"一文里便指出，"*by the end of the eighteenth century Haydn could earn more at a single benefit concert（350 pounds）than at an entire series of private royal concerts*"①。不止海顿，此后欧陆音乐家相继跨海去英国淘金，诸多实例不胜枚举。

商业利润的考量也促使作曲家在谱写乐曲时更考虑销售市场的对象与喜好，John Brewer 对这个市场机制做了进一步的说明：

> *Seen from the entrepreneurs' perspective the public was defined as those who possess and consume. What validated cultural artifacts and practices was their exchange-value; what enhanced their exchange-value was the pleasure that they and their surroundings offered.*②

音乐带来的娱乐效果决定了作品的价值，这个法则左右了以商业取向为前提的作曲家，他们的作品反映了当时英国音乐市场的风气，例如，John Gay（1685—1732）和 Johann Christoph Pepusch（1667—1752）合力创作的歌剧 *The Beggar's Opera*（1728），一经推出就大受欢迎，亨德尔的意式歌剧全无招架之力，从此被打入冷宫，盛况不再。另外一个不能忽略的因素是市场的结构分子，因为当时英国主要参与音乐活动的成员为女性，而这些女性从事音乐活动的场合又多在家中或私人聚会上，所以演奏的乐曲难度除有一定的限制外，还得适应前述的情境。为了迎合市场需要，英国出现了一些专为女性音乐爱好者创作的作曲家，他们创作各种类型的钢琴曲目，被后人称为"The London Pianoforte School"。根据 Nicholas Temperley 的定义，"The London Pianoforte School"指的是在 1790 到 1830

---

① John Brewer, "The Most Polite Age and the Most Vicious", *The Consumption of Culture, 1600—1800: Image, Object, Text*, p. 342.

② Ibid, pp. 348—349.

年间一群以 Muzio Clementi 为中心在伦敦发展的钢琴作曲家，除了 Clementi，还有 Johann Baptist Cramer、Jan Ladislav Dussek 和 John Field (1782—1837) 等人①，这些人的作品在简·奥斯汀的藏谱中亦随处可见。

简·奥斯汀所在的时期，公众音乐会已相当普遍，欧陆演奏家到伦敦演出并非罕事，有些甚至就此定居在英国发展事业。J. C. Bach 在 1762 年到达英国，日后在英国取得了极大的成功，Charles Burney 形容他的键盘音乐作品 "such as ladies can execute with little trouble"②。在 J. C. Bach 之后，陆续还有多位来自欧陆地区的演奏家到英国发展，例如古提琴家 Carl Friedrich Abel (1723—1787)、双簧管演奏家 Johann Christian Fischer (1733—1800)、钢琴家 Johann Samuel Schröter (1752—1788)，其中当然也包括受伯乐赏识和资助而前往英国深造的 Clementi。演奏家相继前往英国，不难想象当时的英国对音乐的爱好及渴望。然而英国在音乐的发展上并非全面和欧陆同步，例如，欧陆的乐谱出版品在英国并不容易获得，故尽管莫扎特和贝多芬当时在欧陆已经名声显赫，但他们的作品在英国并不普及。此种落后不仅导致像 Patrick Piggott 等音乐学者在研究简·奥斯汀藏谱时，给予缺乏品位的不公评价，还透露其着重于作曲家个人的音乐史观。Nicholas Temperley 的论述指出了部分音乐学者谈论英国音乐时的盲点：

> *Although there are no Beethovens or Chopins among these names, it is my contention that between them they provided a body of piano music that for richness, originality, and variety merits a prominent place in musical history [...] What is indisputable is that these composers exercised decisive influence on the development of music everywhere [...] But the "old prejudice" persisted.*
>
> *Continental musicians did not look to England, still less to native-born English composers, for serious musical compositions or*

---

① Miriam F. Hart, *Hardly an Innocent Diversion: Music in the Life and Writings of Jane Austen*, p. 18.

② Arthur Loesser, *Men, Women and Pianos: A Social History*, p. 220.

*for innovation.*①

这些英国作曲家在艺术造诣上或许不如当时其他的欧陆作曲家（就今日的评价而言），然而他们确实丰富了钢琴曲目，且对于钢琴的普及有极大的贡献。诚如 Charles Rosen 所言：

> *The life of music depends not so much on those who want to listen as on those who want to play and sing. [...] Musicians need and want an audience from time to time, but the public concert is only a small part of the making of music, not the whole of it: playing for a few friends, playing with other musicians, and even playing for oneself is still the foundation of musical life.*②

一个国家的音乐文化是否兴盛，不能仅就少数职业音乐家作为基准进行评论或判断，参与音乐活动的所有人员都应该被纳入考量；不同地区的职业音乐家可以拿来相提并论或者比较，但是论及整体的文化发展及水平，却不适合将职业音乐家视为一个共同文化的代表。文化来自群体，以少数人作为观察对象来衡量多数人实在过于武断。此外，以个别音乐家的数量或成就来衡量音乐文化的水平，亦是有失公允。音乐的价值不全然在于量，音乐家的人数或作品的数量只是一种可供参考的数据，但艺术的价值并非来自数学统计。以音乐家的成就来论断地区的音乐发展，看似合情合理，但实际上这些成就决定了个人的主观标准，而非放诸四海而皆准。英国虽没有莫扎特或贝多芬，但是其少数的职业音乐家却促成了前所未有的爱乐风气，键盘乐器的传统加上工业革命的助力，使键盘乐器几乎普及每个英国家庭；其没有伟大的音乐家，但人人都是音乐家。

不同准则和观点能让同样的史实呈现不一样的史观，虽然史实不会变，但是历史却可以因为观点的不同而改写。简·奥斯汀在 *Persuasion* 中

---

① Miriam F. Hart, *Hardly an Innocent Diversion: Music in the Life and Writings of Jane Austen*, p. 18.

② Ibid, p. 47.

借着 Anne Elliot 的一席话表达了她对历史的看法：

"[...] if you please, no reference to examples in books. Men have had every advantage of us in telling their own story. Education has been theirs in so much higher a degree; the pen has been in their hands. I will not allow books to prove anything."①

长久以来，书写历史的笔杆都握在男性的手中，所谓历史（history），说的尽是"their own story"，英国被批评为"a land without music"就是出自男性笔下。当评论者的眼光只聚焦在男性身上而无视女性时，18 世纪后期的英国就很容易被认为在音乐方面乏善可陈，然而换个角度，将聚焦的对象放到女性身上，这个描述就得彻底改写。英国究竟是 a land "with" music 还是 a land "without" music，对笔者而言不是一个是非题，而是史观的选择题。

第四节 中下和中上阶层的音乐会

19 世纪初期，音乐会已经成为英国人民生活的一部分，然而"London had the sharpest separation between the publics, for the rise of exclusive elite concerts during the eighteenth century forced low-status concerts to develop independently in the following century."②，听众间的阶级分明导致音乐会也因此形成两种类型：high-status concert（中高阶层音乐会）和 low-status concert（中低阶层音乐会）。前者来自 18 世纪的公众音乐会，门票较为昂贵，因此群众几乎都来自消费能力较高的中高阶层；后者则是拜工业革命所赐，中低阶层民众的收入增加，生活品质获得提升，他们开始有机会关注艺术领域，因此该类型音乐会相应而生。其成

---

① Jane Austen, *Persuasion*, p. 235.
② William Weber, *Music and the Middle Class*, p. 104.

第四章 简·奥斯汀时代的英国音乐概况

因是在这些群众中有许多人对音乐感兴趣,但是他们的经济能力有限,既有音乐会的票价对他们而言还是太过高昂,脑筋动得快的商人看好这个市场的潜力,为中下阶层群众举办票价相对低廉的音乐会,借此吸引原来聚集在咖啡厅、小酒馆、舞厅、教堂等各种场所音乐喜好不一的人们,果然大获成功。

两种听众族群截然不同的音乐会,彼此间当然有所差异。首先,票价毋庸置疑是最显而易见的。其次,两者的曲目也有差别:中下阶层的群众由于对喜好的音乐种类并无一致性,因此音乐会曲目多是古典与流行兼具;中上阶层的音乐会则缺乏这种兼容并蓄,曲目上维持单一风格。这两种音乐会除了票价和曲目,还有最大的不同之处,即 "*the role of amateur performing*"①。长久以来英国对男性演奏音乐一直怀有轻视,公开在中高阶层的音乐会登台演出无疑是自毁社会地位,故中高阶层的音乐会演出者中少有业余的音乐爱好者,而中低阶层的音乐会自然无此顾忌。

和欧洲其他国家相比,"*class lines were strongest in the musical life of the English capital*"②。在伦敦,这两种社会阶级的音乐会彼此间泾渭分明,中下阶层的民众买不起中上阶层音乐会的门票,上流社会人士也几乎不会前往中下阶层的音乐会,但位居之间的中产阶级——此处指的是中产阶级里的中上阶层,他们有能力购买中上阶层音乐会的门票,并借此结识上流社会人士,当然他们也有能力参加中下阶层的音乐会,欣赏不同类型的音乐——他们是这两种类型音乐会中唯一的共同听众族群。

在各种形式的音乐会中,最受欢迎且参与群众最多的是漫步音乐会(promenade concert),由于漫步音乐会 "*had the strongest indigenous roots in lower-middle-class life*"③,因此它除了吸引艺术家,最主要的群众都来自中产阶级中的中下阶级,包括商店的店员、学徒等市井小民,其中又多为年轻的未婚男性。这种音乐会多在大公园或舞厅举行,并且允许听众 "*talk, walk, and take refreshments during the performances*"④,自由的形式为听众提供了绝佳的社交机会。

中下阶层的音乐会的演出者并非总是由业余的音乐爱好者担当,职业

---

① Ibid, p. 101.
② Ibid, p. 128.
③ Ibid, p. 125.
④ Ibid, p. 100.

演奏家也占了一定比例。这些演奏家有的是因为在中上阶层的音乐会上不得志，所以转换跑道至此；大部分则是因为初出茅庐，在音乐界没有知名度，也没有人脉，所以只好先以中下阶层的音乐会作为事业的开端，"*as a means to rise into the elite musical world*"①。这些年轻演奏家一旦在中下阶层音乐会闯出名气，便有机会进阶到中高阶层的音乐会，而登上中高阶层的音乐会舞台，就意味着能够和上流社会人士往来，就有机会获得他们的资助或成为他们的私人音乐教师，事业的成功指日可待。不论是中下阶层还是中高阶层的音乐会，对音乐家而言都只是进入上流社会的必经之路。

工业革命的成功不仅为英国经济带来了巨大贡献，在文化方面的影响也相当大。

以音乐为例，工业革命之前，上流社会掌握音乐活动的主控权，然而工业革命后，富商崛起，他们有经济能力邀请一流的演奏家到家中举行私人音乐会。这些富商的势力逐渐深入音乐圈，到最后成为"*the most powerful leadership in this area of musical life*"②。这些私人音乐会虽为私人性质，但在上流社会中颇有知名度，当中又以犹太银行家所举办的音乐会为最。而由于举办音乐会的主人多是成功的商人，因此获邀参加私人音乐会的宾客多为商界人士，少有来自其他行业的宾客。

私人音乐沙龙（salon）在欧洲由来已久，各大城市相比，以巴黎的私人音乐沙龙在音乐圈名声最响亮，因此，许多知名演奏家在法国的首演都选择在私人音乐沙龙而非公众音乐会。上流社会人士以举办私人音乐沙龙来彰显自己与其他大众身份地位的不同，受邀参加私人音乐沙龙的贵宾都是举足轻重、有头有脸的人物。在伦敦，这个情形则大不相同：相较于巴黎音乐沙龙所占有的主导地位，在伦敦"*public and private concerts had equal prominence in musical life*"③。因此同一位演奏家，在欧陆地区可能只在私人音乐沙龙进行演出，但在英国却会举办许多场公开的音乐会。

工业革命后，音乐家注意到中产阶级的消费能力。到了1820年代早期，公众音乐会持续兴盛发展，中产阶级参与音乐活动者众多，音乐会失

---

① Ibid, p. 103.
② Ibid, p. 38.
③ Ibid, p. 57.

第四章　简·奥斯汀时代的英国音乐概况

去财富地位象征的意义。这不仅使得上流社会对失去主导音乐界的权势感到忧虑，还迫使他们和公众音乐会划清界限①：他们将自己的音乐沙龙扩大成大型的私人音乐会。然而，这个做法并未挽回他们在音乐界的领导地位，在财力无法长久负荷的情况下，大型的私人音乐会不久就销声匿迹了。至 1830 年，由中产阶级所主导的音乐会新趋势俨然成形。但值得注意的是，即便上流社会已不再举办私人音乐会，公众音乐会成为所有音乐活动的中心，"but a remnant of the patronal system continued through the strong aristocratic leadership there"②，但是上流社会与音乐家的往来仍十分频繁，因此富商虽然在音乐界有主导地位，但在程度上还是不及以往的上流社会人士。

公众音乐会成为主要音乐活动之后，音乐会的形态也有了改变：节目长且曲目包罗万象，一场音乐会里有三十到四十个节目，总长超过四个小时；演奏家皆是一时之选，炫技派的演奏家如帕格尼尼（Niccolò Paganini, 1782—1840）、李斯特（Franz Liszt, 1811—1886）等人尤其受欢迎。报纸和杂志也会预告即将举办的音乐会，并对担任演奏的音乐家做介绍。对这些演奏家而言，"Concerts did not provide anything near a living wage."③，他们并非靠音乐会的收入过活，而是借着音乐会打开知名度，并借此进入上流社会的社交圈，以获得教学工作或得到在私人音乐会演出的机会。

音乐会的蓬勃发展也导致了其他问题，因为售票音乐会过多且过于频繁，以至于"it was difficult to obtain full halls from paying customers"④。在欧洲的大都市里尤以伦敦的情况最为严重，即便是知名的演奏家，票房也可能只有五成。为了使观众席的场面不至于太过难看，演奏家只得将剩余没有售出的门票以赠送的方式释出，而且尽可能送给亲友及同行（亲友往往是这些免费票券最大宗的持有人）⑤，并通过他们再将票转送给其他社会

---

① 中产阶级的兴起对上流社会的威胁很大：贵族的政治势力减弱，特权也一一丧失，他们唯一还握有主导能力的就是音乐会，这也是他们唯一的慰藉，也因此无论如何都得力抗势力逐渐强大的公众音乐会，以确保他们在音乐界的主导权。
② William Weber, *Music and the Middle Class*, p. 57.
③ Ibid, p. 43.
④ Ibid, p. 49.
⑤ Ibid, p. 50.

地位相当的人。至于知名度较差的演奏家，人脉没有那么广，所以免费的门票往往四处流通，流至中下阶层，有些演奏家甚至还聘请观众来坐满大厅和提供掌声。简而言之，为了营造音乐会听众爆满的假象，演奏家不仅免费票券大放送，有时还得花钱买听众。

在伦敦，春季是社交活动最旺盛的季节，许多上流社会和富商家庭总是在这个时节携家带眷到伦敦住上两三个月，"*for a few weeks' annual enjoyment of the great world*"①。在诸多的社交活动中，音乐会扮演的角色非常重要，不仅是因为音乐会 "*were so suitable for its fast-pace social life*"②，还因为上流社会和中产阶级中的上层族群可以借着音乐会相互接触，跨越阶级有所互动。除了伦敦，其他人口众多的大城市以及游客如织的旅游胜地，例如巴斯，也有这种类型的社交活动。这些音乐会包括售票的公众音乐和非售票的私人性质音乐会，前者并不稀罕，然而后者就需要透过简·奥斯汀加以理解。

第五节　简·奥斯汀小说中的音乐会

简·奥斯汀在 *Persuasion* 一作中安排她的女主角 Anne Elliot 在停留巴斯的期间受邀参加一场音乐会。简·奥斯汀并没有说清楚这场音乐会的性质是公还是私，她对这场音乐会的说明只有 "*It was a concert for the benefit of a person patronized by Lady Dalrymple.*"③。然而当 Anne 的朋友 Mrs. Smith 向她问起这场即将到来的音乐会，以及受邀的来宾有哪些人时，"*Anne named them all*"④。由 Anne 对宾客了如指掌的情形来看，这是一场私人性质的音乐会，不只主办人和受邀宾客有一定的交情，就连宾客间也多相互认识，这种事先知悉与会人士的特性和公众音乐会完全不同。

---

① Jane Austen, *Persuasion*, p. 5.
② William Weber, *Music and the Middle Class*, p. 53.
③ Jane Austen, *Persuasion*, p. 179.
④ Ibid.

第四章 简·奥斯汀时代的英国音乐概况

音乐会当天，"Sir Walter, his two daughters, and Mrs. Clay, were the earliest of all their party at the rooms in the evening; and as Lady Dalrymple must be waited for, they took their station by one of the fires in the Octagon Room"①。在主人与宾客都到齐后，"the whole party was collected, and all that remained was to marshal themselves, and proceed into the Concert Room; and be of all the consequence in their power, draw as many eyes, excite as many whispers, and disturb as many people as they could."②。

进入音乐厅后，"The party was divided and disposed of on two contiguous benches: Anne was among those on the foremost, and Mr. Elliot had maneuvered so well, with the assistance of his friend Colonel Wallis, as to have a seat by her."③。在第一组节目（The first act）告一段落之后，有些听众离座"inquest of tea"④，第二组节目开始前听众重新入座，"In resettling themselves there were many changes [...] Mr. Elliot was invited by Elizabeth and Miss Carteret, in a manner not to be refused, to sit between them."⑤，到了音乐会接近尾声时，"by what seemed prosperity in the shape of an early abdication in her next neighbours"⑥，Anne 终于如愿以偿地坐在长椅尽头。

通过这场音乐会，读者对当时的私人音乐会至少可以理解几件事情：首先音乐会可以作为有钱人对子女初出社交界的宣告，宾客都是主人事先思量过才邀请的，因此与其说是音乐会，不如说是精心安排好的社交机会。再看看受邀宾客：Anne 的父亲 Walter Elliot 是个从男爵，她的旧情人 Frederick Wentworth 是位海军上校，另外还有频频向 Anne 献殷勤的 William Walter Elliot，他是从男爵的侄子兼继承人；至于与会的女性，除了未婚的小姐，还有子爵夫人 Lady Dalrymple 和 Lady Russell，两位都是被敬称为"Lady"的女士，这些贵宾都是名副其实的。宾客的身份和社会

---

① Ibid, p. 180.
② Ibid, p. 184.
③ Ibid, p. 185.
④ Ibid, p. 188.
⑤ Ibid, p. 189.
⑥ Ibid.

地位一致，这说明了私人音乐会阶级分明、排他性强的特性。

关于这个音乐厅的地点，对那个时代的读者而言是简洁而明了的叙述，但对现代且非英国的读者而言，如要以自身的经验来理解"the rooms""Octagon Room"和"Concert Room"，就会有摸不着边际之感。事实上"the rooms"指的是巴斯的聚会厅（Assembly Rooms），更精准的说法是上聚会厅（the Upper Rooms）①，这座聚会厅于1771年启用，是提供舞会（见【图三】）、音乐会及其他社交活动所需的场地。上聚会厅一共有四个部分：舞厅（Ballroom）、音乐厅（Concert Room）、牌厅（Card Room）和连接前述三个厅的八角厅（Octagon Room）。音乐厅平时作为茶水厅（Tea Room），因为当时的舞会中间惯常会有一段喝茶、歇息的时间，这个厅便用以提供茶水。了解这些厅的作用以及当时的习惯，对于简·奥斯汀的听众在音乐会中场休息时去找茶就不会感到奇怪了。

【图三】*Ballroom at the Upper Assembly Rooms*，Thomas Rowlandson，1798。

至于音乐厅座位的安排，显而易见，并非对号入座，因为他们坐的是长椅而非一个个单独的座位，且椅子仅分成前后两排，所以 Mr. Elliot 可以轻易地通过朋友的帮忙而坐在 Anne 的旁边；中场休息（也就是喝茶时

---

① 巴斯原有一座历史悠久的聚会厅，位于巴斯的南部。1771年另一座位于较北部的新聚会厅落成，为了区别两座聚会厅，故以「上聚会厅」（the Upper Rooms）和「下聚会厅」（the Lower Rooms）分别称之，以作区分。上聚会厅至今仍保存良好供游客参观，下聚会厅则在1820年时被大火夷为平地，未再重建。

间）过后，Mr. Elliot 因为不便推脱而只好离开 Anne 去坐在另外两位女士之间。可见座位有所变动也是司空见惯的，这也证实了当时音乐会和舞会一样，其最重要的目的在于社交，而非音乐或跳舞本身。既然在舞会上不可能总是和同一个人跳舞，那么在音乐会上有不同的邻座就是自然而然的事了。

在节目内容的部分，简·奥斯汀透过 Anne 告诉读者：

> She [Anne] had feelings for the tender, spirits for the gay, attention for the scientific, and patience for the wearisome; and had never liked a concert better, at least during the first act. Towards the close of it, in the interval succeeding an Italian song, she explained the words of the song to Mr. Elliot. They had a concert bill between them.①

根据这样的描述，读者除了知道乐曲风格的多样性，对第一组节目的认识大概仅限于意大利文歌曲，对于其他曲目的形式和种类则无所知悉，所幸 Captain Wentworth 在离开音乐会时对 Anne 说 "He [...] had expected better singing."②，关于这场音乐会的疑惑终于解开——毫无疑问地，这是一场声乐音乐会，若再根据所在的场地判断，这应该是一场独唱会。

再者，节目单也是一个可以推测和判断的线索：Anne 和 Mr. Elliot 共看一份节目单，Anne 还向 Mr. Elliot 解释上面所附的意大利文歌词的意义。节目单上还不只这一首意大利文歌曲，因为当音乐会的第二部分即将开始时，"He [Mr. Elliot] begged her pardon, but she must be applied to, to explain Italian again. Miss Carteret was very anxious to have a general idea of what next to be sung."③ 从这几位听众对意大利文歌词理解的程度来看，至少透露了两条信息：一是 Anne 在意大利文上颇有钻研，其程度甚至胜过 Mr. Elliot，可见当时女性的语言能力相当受重

---

① Jane Austen, *Persuasion*, p. 185.
② Ibid, p. 189.
③ Ibid, p. 190.

视，和音乐一样都是女性主要的受教内容；其次，Miss Carteret 虽然出身高贵①，但是意大利文的程度却远逊于 Anne，这也说明出身背景和才华（accomplishment）两者间未必成正比。

除了上聚会厅，简·奥斯汀在另一部小说 *Northanger Abbey* 中对下聚会厅亦有着墨。她的男女主角就是在下聚会厅的舞会上，经由典礼官（the master of the ceremonies）介绍而认识②，在这个初次见面的谈话中，Mr. Tilney 向 Catherine 客气地问起了她在巴斯的生活：

"[...] *Have you yet honoured the Upper Rooms?*"
"*Yes, sir; I was there last Monday.*"
"*Have you been to the theatre?*"
"*Yes, sir; I was at the play on Tuesday.*"
"*To the concert?*"
"*Yes, sir; on Wednesday.*"③

Catherine 在巴斯的社交生活并非简·奥斯汀的随意安排，当时巴斯的上聚会厅在社交季时确实有固定活动④：星期一晚上为一般舞会（Dress Ball）⑤，星期三晚上为音乐会，星期四晚上是化装舞会（Fancy Ball）⑥，星期五晚上是牌会（Card Assembly）。上、下聚会厅在活动的安排上也有巧思，上聚会厅的舞会固定在星期一和星期四，下聚会厅的舞会则是星期二和星期五，两者互相错开，让喜爱跳舞和社交的男女没有无法分身的遗憾。

简·奥斯汀除了在 *Persuasion* 中巨细靡遗地描绘了音乐会的情节，她还在 *Sense and Sensibility* 中安排 Elinor 和 Marriane 姐妹俩去参加一场小

---

① Miss Carteret 是子爵夫人 Lady Dalrymple 的女儿。
② 按照当时的规矩，没有经人引见就冒自和人攀谈是很没礼貌的事情，故需要中间人做正式介绍；如果没有中间人引见，也应该是由地位高的采取主动，否则就会被认为无礼。
③ Jane Austen, *Northanger Abbey*, p. 13.
④ Pierce Egan, *Walks through Bath*, 1819.
⑤ 星期一晚上的舞会主要是跳乡村舞（country dance）。
⑥ 星期四的化装舞会也并非真的化装舞会，只是相对于星期一的盛装，星期四的舞会在装扮上相对轻松。

第四章　简·奥斯汀时代的英国音乐概况

型的私人"musical party"①。这场音乐会在私人宅邸举行，和 *Persuasion* 中的那场音乐会一样，宾客都事先收到了请帖。简·奥斯汀如此描绘这场音乐会：

> *The events of the evening were not very remarkable. The party, like other musical parties, comprehended a great many people who had real taste of the performances, and a great many more who had none at all; all the performers themselves were, as usual, in their own estimation, and that of their immediate friends, the first private performers in England.*②

听众中，没有音乐涵养的人比有音乐涵养的人还多，简·奥斯汀借由这个奇特的对比让读者知道，这些宾客前来的目的并不在于欣赏音乐。此外，这些演出者按照他们自己和好友的说法，他们是英国境内一流的音乐家，这无疑也是简·奥斯汀的嘲讽——如果来的听众以不懂音乐的居多，那么他们无法区分演奏家的水平，既然如此，请一流或二流的音乐家又有什么差别呢？

Marianne 热爱音乐，因此她的心思自然全神贯注在演出的曲目中，而 Elinor 不懂音乐也不想装懂，所以毫无顾忌地"*turning away her eyes from the grand pianoforte* "③，她随性地盯着周围的物品，连竖琴和大提琴都未能引起她的注意力。对音乐不感兴趣的人来说，去正式的音乐会无疑是一种折磨，然而这种私人的"music party"显然没有这种恼人之处，因为不久 Elinor 的哥哥就上前向她介绍 Mr. Robert Ferrars，于是这两位陌生人便攀谈了起来。在音乐会里四处走动、交谈，这性质很像前一节所提到的漫步音乐会（promenade concert），只不过此例是在私宅里举办。音乐在这种场合不是主角，而是社交活动的配乐，安排的乐器（钢琴、竖琴和大提琴）也不会喧宾夺主，干扰到宾客间的交谈。

简·奥斯汀在小说中描写的这些场景，几乎都是出自她的个人经验。

---

① Jane Austen, *Sense and Sensibility*, p. 241.
② Ibid, p. 243.
③ Ibid.

例如她曾经在写给姐姐卡珊德拉的信里，详述她去参加一场音乐会的情形：

> At half-past seven arrived the musicians in two hackney coaches, and by eight the lordly company began to appear. Among the earliest were George and Mary Cooke, and I spent the greater part of the evening very pleasantly with them. The drawing-room being soon hotter than we liked, we placed ourselves in the connecting passage, which was comparatively cool, and gave us all the advantage of the music at a pleasant distance, as well as that of the first view of every new comer. (April 25, 1811)

卡珊德拉和 Elinor 一样，对音乐并没有很感兴趣，所以简·奥斯汀只是简单地提到对一场音乐会而言较为无关紧要的琐事。值得注意的是，她在信里特别提到她 " was quite surrounded by acquaintances, especially gentlemen"①，接着她就把周围那些认识的朋友一一点名：

> [...] Mr. Hampson, Mr. Seymour, Mr. W. Knatchbull, Mr. Guillemarde, Mr. Cure, a Captain Simpson, brother to the Captain Simpson, besides Mr. Walter and Mr. Egerton, in addition to the Cookes, and Miss Beckford, and Miss Middleton [...]②

简·奥斯汀无疑是热爱音乐的，但对于收信的卡珊德拉而言，音乐会上的曲目和演出者似乎没什么吸引力，简·奥斯汀要是对此大做文章，就显得对卡珊德拉太不体谅了。故简·奥斯汀如流水账般地点出朋友的姓名，这些她们两人都认识的朋友能让卡珊德拉感到熟悉和亲切，她们在音乐会上谈论的话题也远比音乐会的内容更有趣。

---

① Ibid.
② Ibid.

第四章 简·奥斯汀时代的英国音乐概况

简·奥斯汀的小说之所以能让当时的读者产生共鸣而受喜爱，就在于她的取材来自真实生活，而且是多数人都有过的亲身经历。所以她在小说中安排男女主角到巴斯去，不只是因为她曾经在当地住过很长一段时间，更重要的原因是巴斯是当时非常受欢迎的旅游度假胜地。书中描绘的活动和景物对曾经前去游历的读者而言，想必是倍感熟悉和真实的。若把简·奥斯汀笔下音乐会的场景比喻为一幅画，读者不仅看到了音乐会的场地，看到了音乐会的节目，还看到了音乐会里人和人之间的互动、交谈。对和简·奥斯汀同一个时代的读者而言，她写出了他们的日常生活；但对现代读者而言，阅读她的小说则像是坐上时光机回到过去，仿佛自己也在其中参与。简·奥斯汀的小说不只是小说，她的情节虚构，但是她陈述时所呈现的视角，却恰好弥补了人们在书写音乐史时最不足之处。当我们对这些支撑起整个音乐世界的广大听众有更多的认识，知道音乐潮流如何掀起，音乐如何存在于他们的生活时，我们也才体会到，正是因为这广大的爱乐族群，莫扎特、贝多芬等作曲家才得以拥有意义。

第五章

金钱、社会阶级、性别和钢琴

第一节 家庭财力的象征

要了解简·奥斯汀的小说，先要了解金钱、社会阶级在那个时代的运作方式，以及不同的性别、金钱、社会阶级之间的相互关系有何差异。在充分理解这些前提后，我们才能明白音乐在那个时代中扮演何种角色，以及其和金钱、社会阶级或是性别又有何关系。

解析简·奥斯汀的六部小说，我们可以得知"*Money is a recurrent and common theme.*"[①]她笔下的人物各个都有身价，而且总是在角色一出场就让读者清楚了解他们的出身背景和收入，从而理解他们的想法和行为。以 *Pride and Prejudice* 为例，Mr. Bingley 一年有四五千英镑的收入，他在迁入新居后，附近的邻居们都争相拜访这位贵邻，期待自己的女儿能成为 Mrs. Bingley；他的朋友 Mr. Darcy 则因为年收入一万英镑[②]而成为舞会上众人羡慕不已的对象。反观女主角 Elizabeth Bennet，她的父亲 Mr. Bennet 靠着名下的地产，每年有两千英镑的净账，另外根据其预立的

[①] Ajda Güney, "The Nineteenth Century Literature and Feminist Motives in Jane Austen's Novels." *e-Journal of New World Sciences Academy* 3. 3 (2008): 527.

[②] 根据经济学家 J. Bradford DeLong 以消费能力来换算的结果，当时的一万英镑大约等同于今日的六百万美金。Margaret C. Sullivan, *The Jane Austen Handbook*, p. 27.

遗嘱，在他和妻子去世后，五个女儿将均分五千英镑的遗产，由此得知，Elizabeth 的身价为一千英镑。透过这些详尽的身家信息，读者能知晓 Elizabeth 和 Mr. Darcy 之间的差距，同时也能理解，为何 Mrs. Bennet 在得知他们两人的婚事时感到欣喜若狂，而 Mr. Darcy 的姨妈 Lady Catherine 却是觉得气愤不已，并且意图劝阻。

"*Marriage was the most important concern of the period both for men and women.*"[1]，但在那个时代，婚姻的意义不单是两人的结合，更是两方财产的结合。"*the financial aspect of marriage was a priority*"[2]，因此不管是对 Mr. Bingley 还是对 Mr. Darcy 而言，和这样的家庭结亲绝对称不上门当户对，对其他年轻男性来说，这样的身价则大大减弱了他们示好的决心。此外，这也意味着 Bennet 家的五个女儿，除非如母亲大人所愿般地找到金龟婿，否则余生都得靠着那一千英镑辛苦地过日子。所以简·奥斯汀在 *Pride and Prejudice* 的开头就告诉读者这条举世真理：

> *It is a truth universally acknowledged, that a single man in possession of a good fortune, must be in want of a wife.*
>
> *However little known the feelings or views of such a man maybe on his first entering a neighbourhood, this truth is so well fixed in the minds of the surrounding families that he is considered as the rightful property of someone or other of their daughters.*[3]

儿女的终身大事是为人父母最为关切的话题之一，最明显的例子莫过于 *Northanger Abbey* 中的 General Tilney。他听说 Catherine Morland 可能继承其保护人的财产，所以怂恿自己的儿子 Henry Tilney 对她展开积极的追求，并邀请 Catherine 到家里小住一段时间。但之后 General Tilney

---

[1] Ajda Güney, "The Nineteenth Century Literature and Feminist Motives in Jane Austen's Novels." *e-Journal of New World Sciences Academy* 3. 3 (2008): 527.

[2] Ibid, p. 528.

[3] Jane Austen, *Pride and Prejudice*, p. 5.

又听说 Catherine 家境和他所想象的相差甚远，于是毫不客气地立刻对 Catherine 下逐客令，并坚决反对儿子与她来往。透过 General Tilney，读者不难想象当时人们对婚姻的看法：婚姻所带来的金钱比婚姻本身更受重视。没钱的女性一定要找一个稳固的长期饭票，所以 Pride and Prejudice 中的 Miss Lucas 很高兴能成为 Mrs. Collins，而不在乎她的先生是否笨头笨脑；没钱的男性一定要找一个有钱的女士让自己咸鱼翻身，所以在 Sense and Sensibility 里，John Willoughby 抛弃 Marianne 娶了富家女，尽管他知道这桩为了金钱而结合的婚姻不会幸福。

有钱人在婚姻的选择上比较自由，然而门当户对仍然是他们首要的考量，这也是为什么 Pride and Prejudice 里的 Mr. Darcy 会故意拆散 Mr. Bingley 和 Miss Bennet，以及当他发现自己爱上 Elizabeth Bennet 的时候，他无可避免地陷入了矛盾和痛苦之中。对空有头衔却没钱的没落贵族而言，他们唯一能够自豪的只剩下高贵的身份了，因此婚姻是他们名利双全的最佳通道。所以 Persuasion 里的 Anne Elliot 和没有财产的 Frederick Wentworth 订婚时，受到父亲的严厉拒绝和教母的极力反对，十年之后，同样的结婚请求，因为 Wentworth 25000 英镑的身价而获得欣然同意。诚如 Ajda Güney 所言，在 19 世纪的价值观里，金钱是婚姻的基础：

> *For a woman it was important to find a wealthy husband as it was the only way for financial security. Hence, for a young man prepared to marry wealth was as important as being handsome and morally perfect. Therefore the gender relations in terms of love and marriage were conditioned and motivated by reference to wealth.*[1]

英国在简·奥斯汀时代，继承财产是男性主要的收入来源之一，继承的财产除了现金，通常还有可以收租的地产。这些坐拥地产、靠收租维生的士绅阶级，由于其收入不需劳动即可获得，因此社会地位很高，相对地，有些人虽然从商致富，在财力上和士绅不相上下，但是社会地位还是

---

[1] Ajda Güney, "The Nineteenth Century Literature and Feminist Motives in Jane Austen's Novels." *e-Journal of New World Sciences Academy* 3. 3 (2008): 528.

差了一等。当时的继承一事,远比现代的复杂许多。有些家庭的财产和爵位会采用限定继承权(entailments)的方式,以防止地产因婚姻或子女众多而分裂,或是落入女性后裔手中。事先指定日后的继承人,确保后代之中至少有一支家族能保持体面和富贵,也让祖产能一代一代完整地传下去。继承人不论血缘的远近,一律是男性,长子为第一顺位,当然也偶有例外的时候。例如在 *Sense and Sensibility* 中,Dashwood 母女四人就是因为限定继承权,在 Mr. Henry Dashwood 死后被迫搬离家园。同样的例子也出现在 *Pride and Prejudice* 中: Mr. Collins 是 Bennet 家的限定继承人,Mr. Bennet 一旦去世,房子立刻就归 Mr. Collins 所有,他的妻女通通都会被扫地出门,正因为如此,Mr. Collins 才会认为娶其中一位表妹来弥补他对 Bennet 一家造成的损失是聪明又两全的办法。

除了地产,爵位也可以继承,但是和家产一样,传男不传女,且一样以长子为优先。例如在 *Mansfield Park* 中,Sir Thomas Bertram 的爵位日后将归长子 Tom Bertram 所有,因此当把金钱视为第一位的 Mary Crawford 在结识 Bertram 家的两位公子时,就已经想到 Tom Bertram 所处的优势,而认为自己"*should like the eldest best*"[1]。在 *Persuasion* 中也有类似情形:Sir Walter Elliot 的爵位日后将传给他的假定继承人,即他的侄子 Mr. William Elliot,当 Mr. William Elliot 发现自己的爵位继承权有可能因为 Mrs. Clay 的介入而不保时,便不顾自身名誉诱使 Mrs. Clay 做自己的姘头[2]。

不管是地产还是头衔,长子以外的儿子,并没有获得遗产以外的庇荫,所以他们必须自食其力,从事某一项职业来维持生计。当时男性较受敬重的职业有三个:牧师、军官和律师[3]。所以如果不是投身教会当牧师,就是花钱买军阶加入军队,再不然就是去法学院念书,将来当律师。至于被限嗣继承权排除在外的女性,如果双亲的遗产不够丰厚,或是经济状况实在太差,又无兄弟姐妹的资助,就必须工作来养活自己。当时女性能从事的职业并不多,家庭教师和学校教师算是比较理想的工作。简·奥斯汀的 *Emma* 中,双亲早逝的 Jane Fairfax 虽然被好心的 Campbell 夫妇所收

---

[1] Jane Austen, *Mansfield Park*, p. 47.
[2] 简·奥斯汀,《劝导》,第 310 页。
[3] Margaret C. Sullivan, *The Jane Austen Handbook*, p. 26.

养，但她并没有遗产的继承权，所以很早就计划日后要当家庭教师来养活自己。

简·奥斯汀小说里的人物常常受金钱左右思想和行为，金钱是简·奥斯汀一直关注的主题。读者若了解了金钱在简·奥斯汀小说里的重要性，就不难理解为何她对于笔下人物的收入总是交代得清清楚楚，因为有了明确的数字，更容易让读者察觉到不同家庭间的差距——由金钱导致的社会阶级差距。

除收入的数字外，乐器也是简·奥斯汀用来强调或暗示家庭或个人财富能力的隐形指标，在她的小说中，钢琴是被着墨最多的乐器，竖琴次之。Emma 中的 Jane Fairfax 是所有简·奥斯汀笔下的女性角色中，最具音乐才华的一位，然而她的音乐天赋虽高，却没有自己的钢琴，而且除非她找到好伴侣，否则她必须去当家庭教师来谋生。另一方面，Frank Churchill，Jane 的秘密订婚对象，在膝下无子的舅舅家长大，言行举止都是纨绔子弟模样，偷偷送礼物给 Jane，一出手就是当时赫赫有名的 Broadwood 钢琴。现代的读者如果难以理解钢琴在简·奥斯汀小说中如何彰显其购买者的经济能力，不妨以汽车为替换来假想：当时的钢琴就犹如今日的汽车，在某种程度上代表了其拥有者的财力，而 Broadwood 出产的钢琴就相当于现代的高级进口车，是当时钢琴中最知名也最昂贵的。想象一下，一位连二手钢琴都买不起的年轻小姐，竟然从情人那里收到这样高价的礼物，两人之间的身家背景差距有多么悬殊，不需多费唇舌，读者必了然于心。同样地，Cole 家摆了一架崭新的大钢琴，可是 Mrs. Cole 本身不会弹琴，她的女儿也还在初学阶段，这架钢琴就好比高级家具，炫耀有余，但实用性不足。这种和使用能力相矛盾的消费行为也产生一个让人费解的问题：为什么要买这么好的琴？

答案很简单，也很俗气：因为有钱。这里"有钱"不光是指买得起，还是指把钱花在不会使用的东西上，更是指先花钱买了东西，再开始学习怎么使用。换句话说，这不是只在嘴上夸耀自己多有钱，而是确实买了某种不会使用（或根本用不到）的奢侈品，以此来证明自己的财力；至于要不要使用，要如何使用，则是之后再视情况而定。这种不合常理的行事顺序也让人理解：建立财富地位是首要之事，因此购买行为不需要理由解释，即便需要理由，之后再创造即可。因此，不会弹琴没关系，但要让大家知道虽然我不会弹，但我买得起，之后再安排女儿上钢琴课，这钢琴就买得合情合理了。

在简·奥斯汀的时代，女性所受的教育内容包罗万象，其中绝大多数属于才艺而非知识。当时的男性认为女性由于天性上的"愚昧"，许多学科都不适宜女性学习，在他们眼里女性纯属"花瓶"，外貌最为重要，再加上一些无关紧要但赏心悦目的才艺，她们就具备婚姻市场上的基本竞争力了。因此像语言，例如法语；音乐，通常是钢琴和唱歌；绘画，刺绣；等等才艺，都是当时女性教育中相当受重视的部分。学习这些才艺，与其说是陶冶性情，不如说是为了增加女性在婚姻市场上的竞争力，帮助未婚女性不只找到男朋友，还能找到好男朋友。为了在婚姻市场上有竞争力，钢琴几乎是所有未婚女性必备的才艺，有女儿的家里通常都有钢琴，这也是为何钢琴会在简·奥斯汀的小说中频繁出现的原因。

拥有钢琴不代表会弹琴，拥有好的钢琴也不代表拥有好的演奏技术。简·奥斯汀在写给外甥女 Fanny Knight[①] 的信上，曾提及她听说另一位外甥女 Anna Lefroy 将有一台钢琴之事。信中简·奥斯汀对于演奏能力和乐器等级两者应相配的想法表露无遗：

> *I was rather sorry to hear that she is to have an instrument; it seems throwing money away. They will wish the twenty-four guineas in the shape of sheets and towels six months hence; and as to her playing, it never can be anything.* (Nov. 30, 1814)

简·奥斯汀认为这种互不相配的消费行为无疑是浪费，她在现实生活中有如此感受，偏偏又刻意在小说中安排这种例子，是嘲讽也是影射。这是因为有钱虽足以解释消费行为，但其消费行为背后的动机，还必须借用 *Pride and Prejudice* 中 Mary Bennet 说的一段话来解释：

> "[...] *Vanity and pride are different things, though the words are often used synonymously. A person may be proud without being vain. Pride relates more to our opinion of*

---

① 简·奥斯汀的外甥女会弹奏竖琴，和她一样热爱音乐。

ourselves, vanity to what we would have others think of us."[1]

若把简·奥斯汀对骄傲和虚荣的定义套进金钱里,那么钢琴,很显然就是为了满足虚荣心而购买的炫耀品。重视女儿的教育是购买钢琴很好的理由,然而理由背后还有更深一层的动机:炫耀自己的财富、认为自己拥有钢琴比较符合身份地位、想要获得上流社会的认同、希望女儿能够找到好伴侣,等等,这些不能明说的动机,其实才是这个消费行为的出发点,重视教育只不过是一个包装得比较好听的借口罢了。钢琴不断地出现在简·奥斯汀小说中,为读者构建了一个音乐活动丰富的中上阶层世界,然而钢琴不只是钢琴,它的存在不只代表音乐的场景,它是大捆钞票委婉的化身,它是文化素养的展示品,它是抓住如意郎君的最佳利器,等等,简·奥斯汀给予得很含蓄。

简·奥斯汀笔下的女性角色,会不会弹琴,有没有钢琴,简·奥斯汀都给了很清楚的解释:最具有音乐才华的 Jane Fairfax 没有自己的钢琴;对音乐不感兴趣的 Catherine Morland 家只有一架老旧的古键琴(spinet)[2];Lady Catherine 自豪地说她的钢琴是 "a capital one"(但她自己不会弹琴,她女儿也因为体质孱弱无法学琴),不只如此,她在家庭教师的房内也放了一架钢琴。如果现代的读者从车子去推断车主的财力,那么钢琴也大可作为当时财力的推断指标:没有钢琴、只有古键琴、拥有钢琴、拥有大钢琴、拥有不只一架钢琴。这个指标不能说是完全准确,因为除了财力的因素,父母对于教育的重视程度也会影响其指射[3],但仍为读者提供了一个大方向的评断。因此,当读者在简·奥斯汀的小说中看到钢琴,就知道一定有位女性与之相伴。随着简·奥斯汀对钢琴更为细节的描述,读者也就跟着勾勒出这位女性或其一家人的财力及所属的社会经济地位。

钢琴是被简·奥斯汀提及最多的乐器,她六部小说中的女主角除了

---

[1] Jane Austen, *Pride and Prejudice*, p. 18.
[2] spinet 和 virginal 两者的中文译名皆为古键琴。
[3] Catherine Morland 家境并不贫困,家中之所以只有古键琴是因为她对音乐不感兴趣,学琴才学一年就放弃了,她的双亲也并未坚持要她学下去,所以家中没有购置钢琴的必要。这家人之所以能够避免陷入虚荣,有可能是因为 Mr. Morland 是位牧师(简·奥斯汀也是出生在牧师家庭)。宗教的教化功能并非本文探讨的课题,故略过不提。

第五章　金钱、社会阶级、性别和钢琴

Northanger Abbey 中的 Catherine Morland，"*The day which dismissed the music-master was one of the happiest of Catherine's life.*"①，另一位不会钢琴的就是 *Mansfield Park* 中被姨妈一家领养、身世可怜的 Fanny Price，她的另一位姨妈 Mrs. Norris 认为她不应该学钢琴，因为她和表姐之间 "*should be a difference*"②。

　　和钢琴相比，另一项同样出现在简·奥斯汀小说中的乐器——竖琴，被提及的次数就少了许多。在简·奥斯汀的笔下，会演奏竖琴的女性只有几位：*Pride and Prejudice* 中的 Georgiana Darcy，*Mansfield Park* 中的 Mary Crawford，以及 *Persuasion* 中的 Musgrove 姐妹。这几位年轻女性除了性别的共通点，另一个相同之处是她们的家境都非常优越。Georgiana Darcy 拥有三万镑的财产，Mary Crawford 有两万镑，简·奥斯汀没有说明 Musgrove 姐妹的身价，但是她们出身自 "*old country family of respectability and large fortune*"③，这家人如果财力不够丰厚，恐怕当初也无法和 Sir Walter Elliot 结上亲家。

　　学习钢琴和竖琴的女性比例相差悬殊，这是因为钢琴随着工业革命开始普及化，原本高不可攀的身价也逐渐下跌，因此在简·奥斯汀的时代，学钢琴或拥有钢琴的族群是日渐增多；竖琴则不然，竖琴的售价一直都很高昂，即便在今日仍是只有少数人才负担得起的乐器，所以学习竖琴和拥有竖琴，鲜少是单纯地出自教育需求，往往为的是展现高人一等的财力。学习钢琴和学习竖琴，这两者之间代表的财富差距到底有多大？以 *Pride and Prejudice* 一作为例，Mr. Bennet 年收入两千英镑，所以他的女儿只学钢琴；Mr. Darcy 年收入一万英镑，所以他的妹妹 Georgiana 既学钢琴，又学竖琴。乐器所代表的财富差距，一览无遗。

　　另外，钢琴成为中上流社会家庭中的必需品，除了是因为女儿教育上的需要，且乐器的入门价钱较低，还是因为钢琴具备了其他功能——为舞会提供伴奏以及聚会时提供娱乐的实用性功能。相较于钢琴，竖琴的普及性低，运送又不便，在实用性上也差了很多。所以竖琴除了教育上的功能和钢琴相同，它主要的意义在于其华贵的象征：价值不菲的乐器和可观的

---

① Jane Austen, *Northanger Abbey*, p. 2.
② Jane Austen, *Mansfield Park*, p. 18.
③ Jane Austen, *Persuasion*, p. 4.

学费，显示的不只是父母对女儿才艺的重视，更是家庭财力的展示。

在简·奥斯汀小说中，竖琴的描述比钢琴少很多的另一个原因，竖琴离简·奥斯汀的生活圈比较远。奥斯汀一家只能说是家境中等，离富裕还有一段距离，和他们往来的亲友也少有显赫富贵的人家。简·奥斯汀认识的唯一一位学习竖琴的女性，是她的侄女 Fanny Knight[①]，这个侄女和她小说中少数几位学习竖琴的女性一样，出生于富裕家庭。简·奥斯汀自己的音乐生活呼应她小说中的钢琴，她的侄女 Fanny Knight 则呼应了竖琴的部分，虚与实，犹如对照的镜像，由实生虚。

在简·奥斯汀的小说中，钢琴多次出现，但其等级范围很广，从老旧的古键琴到最知名的 Broadwood，这意味着拥有钢琴的家庭之间经济能力有一定的差距。钢琴在那个时代已经成为大众乐器，从中产阶级到最富有的人家都可能拥有钢琴，所以读者必须借着作者对钢琴的描述，去衡量、判断这一户人家的财力在哪一个等级。至于竖琴，则是属于少数有钱人家才消费得起的小众乐器，因此当读者读到小说中会弹竖琴的女性时，便知道其家境优越，绝非出自寻常人家。不管是钢琴还是竖琴，简·奥斯汀让这些乐器在小说中出现的目的，并非在于教育功能，她不只要读者看见乐器，更要读者意会乐器背后象征的财力。

第二节 绅士（gentlemen）

在 *Pride and Prejudice* 中，Lady Catherine 听闻 Elizabeth 和 Mr. Darcy 秘密订婚的消息实在是气急了，不惜屈尊降贵地亲临 Bennet 府上和 Elizabeth 当面对质一番。

她强调自己的女儿才是 Mr. Darcy 最好的结婚对象，对 Elizabeth 的身世嗤之以鼻：

[①] Fanny 为简·奥斯汀第三个哥哥 Edward Austen 所生的女儿。Edward 在十几岁时就被富裕但膝下无子的远亲 Thomas Knight 收为养子，他在继承 Knight 家的遗产后改姓为 Knight。Edward 是简·奥斯汀兄弟姐妹中经济能力最好的，简·奥斯汀在乔顿定居的住所，就是由他提供的。

> "My daughter and my nephew are formed for each other. They are descended, on the maternal side, from the same noble line; and on the father's, from respectable, honourable, and ancient, though untitled families. Their fortune on both sides is splendid. They are destined for each other by the voice of every member of their respective houses; and what is to divide them? The upstart pretensions of a young woman without family, connections, or fortune."①

出身高贵的 Lady Catherine 对婚姻看重的是身家背景和财富，所以她认为自己的女儿和 Mr. Darcy 实属天造地设的一对，然而 Elizabeth 却从中破坏他们的姻缘，她既没钱又没势，这等条件竟想意图高攀，实在是不知天高地厚。Elizabeth 面对眼前 Lady Catherine 的咄咄逼人，丝毫没有畏惧地答道："He [Mr. Darcy] is a gentleman; I am a gentleman's daughter: so far we are equal"②。Elizabeth 认为她父亲和 Mr. Darcy 一样，都是"gentleman"，双方地位相当，并非如 Lady Catherine 所言的落差甚大。

对当今的读者而言，"gentleman"只是一个普通的男性尊称，因此阅读到这个段落时感觉有些唐突，很难理解 Elizabeth 将自己的父亲与 Mr. Darcy 以"gentleman"一称相提并论，到底有何特殊意义。事实上，当时"gentleman"这个称呼的意义和今日的尊称用法是大不相同的，因此以现在的共识去理解当时的"gentleman"，便会错过这一称呼背后代表的意义，而这个意义正是简·奥斯汀在此处所要强调的。

"gentleman"这个称谓由来已久，Sir Thomas Smith（1513—1577）在 *De Republica Anglorum*（1583）一书中的第二十章 *Of Gentleman* 为这个称谓做了如此叙述：

> Gentlemen be those whom their blood and race doth make noble and knowne [...] for that the ancestor hath bin notable in

---

① Jane Austen, *Pride and Prejudice*, p. 274.
② Ibid.

> *riches or vertues, or (in fewer wordes) old riches or prowes remaining in one stock.*①

"gentleman" 在最初时的定义相当严格，要获得 "gentleman" 这个称谓，血统优良是必备的先天条件，所以通常出身非富即贵。同一篇文章中，Sir Thomas Smith 对 "gentleman" 还有更广泛的定义：

> *For whosoever studieth the lawes of the real me, who studieth in the universities, who professeth liberall sciences, and to be shorte, who can live idly and without manuall labour, and will beare the port, charge and countenaunce of a gentleman [...]*②

随着时代的改变，"gentleman" 所纳入的族群也越来越广。学习特定的学科会使人较受敬重，但总的来说，拥有足够的金钱，不必透过劳动来为五斗米折腰，大致上就具备 "gentleman" 最基本的条件。

"gentleman" 的定义开始逐渐放宽，是因为商人的崛起。16世纪中期伊拉莎白女王时代，英国在海外的贸易活动蓬勃发展，种种商品透过海路和陆路从遥远的异国来到英国，由于运送期间必须面临难以预测的气候，遭受打劫，等等考验，贸易商人的胆识受到尊敬，社会地位也因此产生变化。大型贸易公司的领导人，由于本身没有实际参与劳动，所以 "*could begin to be esteemed as members of a superior class*"③。从事贸易只是一项先决条件，商人要够格被称为 "gentleman" 的最终关键在于 "*if his business brought him enough money*"④。所以要成为 "gentleman"，职业正确还不够，金钱才是使人攀向更上层阶级的决定性条件。值得注意的是，当时的英国社会阶级分明，因此即便同样是从商，社会阶级的高低也不一样，离 "gentleman" 这个称谓的距离也有很大的不同，收入的多寡和是否

---

① Sir Thomas Smith, *De Republica Anglorum: A Discourse on the Common wealth of England*, p. 38.
② Ibid, pp. 39—40.
③ Arthur Loesser, *Men, Women and Pianos: A Social History*, p. 186.
④ Ibid.

有劳动付出，就是衡量的标准：

> A shopkeeper standing behind his counter was not thought a gentleman; a wholesale merchant living with insight of his own warehouses was doubtful; but a director of the Hudson's Bay Company was acceptable.①

同样从商，小生意人和大公司老板的社会阶级并不相等，所以他们遭受到的轻视也是程度不一。简·奥斯汀的小说中，有好几位人物都曾经对商人表现出轻蔑的态度。例如在 Sense and Sensibility 中，John Dashwood 说他的妻子和岳母不想要和 Mrs. Jennings 来往，因为 Mrs. Jennings 的先夫 "got all his money in a low way"②，而他的妻子和岳母对从商有强烈的成见。同样的成见也出现在 Pride and Prejudice 里，Bingley 姐妹在谈论到 Jane Bennet 时，两人一搭一唱，合作无间地嘲讽 Bennet 的家世：

> "I [Mrs. Hurst] have an excessive regard for Jane Bennet; she is really a very sweet girl, and I wish with all my heart she were well settled. But with such a father and mother, and such low connections, I am afraid there is no chance of it." "I think I have heard you say that their uncle is an attorney in Meryton."
>
> "Yes; and they have another, who lives somewhere near Cheapside."
>
> "That is capital," added her sister, and they both laughed heartily.③

在场的还有另外两位男士，Mr. Bingley 和 Mr. Darcy，他们的反应也很有意思。Mr. Bingley 为他的心上人 Jane Bennet 说话，他觉得就算再多不体面的亲戚，也无损 Jane Bennet 讨人喜爱的程度；Mr. Darcy 却不这

---

① Ibid.
② Jane Austen, *Sense and Sensibility*, p. 223.
③ Jane Austen, *Pride and Prejudice*, p. 30.

么想，他认为"*It must very materially lessen their chance of marrying men of any consideration in the world.*"①。

简·奥斯汀在小说中多次借助人物表现出轻视商人的态度，但这并非她身为作者的个人偏见，而是为了呈现时代的社会风气，所以刻意放入小说中的。她真正想要表达的其实是借着这种鄙视，嘲讽上流社会对其他阶级的蔑视态度，批判当时社会对阶级的渴求，以及为达成目的所露出的众生百态。在简·奥斯汀的时代，除了金钱，门第也是谈论婚姻时的重点考量，出身自名门望族能为婚姻的许配加分，同样地，不够体面的亲人也会让追求者望而却步。这也是为何当时的中产阶级会渴望被认同是"gentleman"，因为有了这种非正式的地位提升，不只他们自己受人敬重，他们的儿女也有机会找到更好的嫁娶对象。

一位男士是否能被称作"gentleman"，职业和收入只是考量的先决条件，事实上，"*The king could not create a true gentleman, even though he could make knights and peers.*"②，即便是加官晋爵也未必能确保自己获得"gentleman"的认同。并非所有职业正确、钱赚得够多的人就能成为"gentleman"。尽管确实有些资格条件用以作为初步区分，但评判是与否之间的细节差异，却是很难精准描述与定义的。一个人能否被称为"gentleman"，或者是否具备足够资格被称为"gentleman"，最终关键还是在于他人是否对此感到认同。这个认同感通常是其仪表、谈吐、言行举止等外在印象，倘若描述得更具体些，一位真正的绅士应该要有"*the lord facial expression, the confident bearing, the proper accent, the 'bold grace' of manner*"③，能否具备上述特质而获得他人的良好观感，正是一个人能否被定义成"gentleman"的关键。*Emma* 一作中，Mrs. Elton 在向 Emma 描述她对 Mr. Knightley 初次见面的印象时，便说 "*Knightley is quite the gentleman. I like him very much. Decidedly, I think, a very gentleman-like man.*"④。当她提到 Emma 以前的家庭教师 Mrs. Weston 时也说，"*I was rather astonished to find her [Mrs. Weston] so*

---

① Ibid, p. 31.
② Arthur Loesser, *Men, Women and Pianos: A Social History*, p. 186.
③ Ibid, p. 187.
④ Jane Austen, *Emma*, p. 210.

*very lady-like! But she is really quite the gentlewoman."*①。Emma 也夸赞 Mrs. Weston 的举止 *"propriety, simplicity, and elegance"*②，认为 Mrs. Weston 可以作为年轻女性的模范。由以上两例可以看出，温文儒雅的谈吐和恰如其分的举止确实能够博取美名，且不分男女皆可受到如此推崇，也因此 "gentleman" 的意义和其他正式的贵族称谓大为不同。它并非身份地位的象征，而是来自他人的认同，这个认可相当于肯定、赞许甚至是恭维，故自身的地位就有如受到提升。如此一来，人们即便没能生在权贵家庭，靠着从商致富和改善社交礼仪，仍然有希望可以获得他人肯定从而晋身为 "gentleman"，再不然至少可以将希望寄托在下一代。

*"To achieve and maintain gentility […] was the most anxious ambition, the very aim of life, of most English middle-class people from that day almost to this."*③，要了解音乐对社会阶级的影响，先要了解这个文化群体中的大众对社会阶级的态度。英国在工业革命之前的社会阶级区分可谓泾渭分明，阶级之间有长久沿袭下来的界限，上流社会人士言行谨慎，以避免损害自己所处的身份地位，下流社会则谨守他们的分寸，不敢逾矩，因此少有横跨阶级通婚之事。然而随着英国海外贸易活动的增加，以及 18 世纪下半叶开始的工业革命，许多商人发了财，成为中产阶级。他们收入丰厚但是没有门第，想要进入上流社会光靠钱并不够，所以他们想尽办法要成为 "gentleman"。他们学习、模仿上流社会的仪态，住家和家具也设法赶上上流社会的派头；他们出入上流社会的聚集之处（剧院、音乐会、聚会厅等）以广结人脉，他们的子女受到良好的教育，以期日后能和贵族名门之后结上亲。如 *Pride and Prejudice* 中的 Bingley 姐妹俩，*"They were rather handsome, had been educated in one of the first private seminaries in town, had a fortune of twenty thousand pound."*④。有钱使得她们得以打入上流社会；受过良好的教育则使她们有机会找到天赐良缘，这正是她们父辈在商场汲汲营营、所求之事。

---

① Ibid, p. 209.
② Ibid.
③ Arthur Loesser, *Men, Women and Pianos: A Social History*, p. 187.
④ Jane Austen, *Pride and Prejudice*, p. 14.

简单地说，"To acquire a lot of money, to hush up its commercial origin, to buy the right articles, and to play the right games."①，这就是攀向上流社会的实践准则。19世纪末的英国，拜工业革命所赐，经济发展蓬勃，累积财富更为迅速，因此掀起中产阶级向上攀升的渴望，他们模仿上流社会"with all its paraphernalia and insignia"②，而其中最能够拉近他们与上流社会的代表物则非钢琴莫属。上流社会的象征物品何其多，为何是乐器而非其他艺术品或是家具？在众多乐器之中为何又以钢琴为其代表，其中原因则必须从头细数，自英国键盘乐器的发展历史开始说起。

第三节 社会阶级与钢琴

钢琴刚开始在英国问世的时候，和大键琴一样皆为高级的手工制品，因此价格高昂，例如 Shudi 所制造的基本型大键琴要价三十五英镑，Zumpe 的方形钢琴在 1768 年一架要价五十英镑。尽管两者皆要价不菲，但其身价的差距，使得 Zumpe 的钢琴因此成为上流社会的炫耀性商品③，供不应求。钢琴在大量生产后价格大幅度下降，例如 Broadwood 在 1815 年所出产的钢琴依等级的不同，售价从十八到四十六英镑不等，即便是顶级的钢琴售价仍低于当年 Zumpe 的方形钢琴④。钢琴的售价下降意味着消费族群的增加。到了 1820 年代，钢琴已经不再是上流社会才买得起的奢侈品，而是几乎成为家家户户都具备的家具之一了。钢琴售价的降低和日渐普及，使得它减弱了象征财富和地位的形象，对于上流社会的有钱人而言，自然并不乐见，但是他们仍然可以透过购买更大、装饰更华丽、售价更昂贵的钢琴来区分自己和一般人身份、财力的不同。因此，尽管钢琴已经俗化成家具的一部分，但对上流社会而言，它作为财富展现的本质却依然不变。例如在 Pride and Prejudice 一书中，财产丰厚、地位非凡的 Lady

---

① Arthur Loesser, Men, Women and Pianos: A Social History, p. 188.
② Ibid.
③ 经济学专有名词，指价格愈高，消费者愈能炫耀身份，因此需求量不减反增的商品。
④ Arthur Loesser, Men, Women and Pianos: A Social History, pp. 235—236.

第五章　金钱、社会阶级、性别和钢琴

Catherine De Bourgh 家中拥有两架钢琴，一架放在家庭教师 Mrs. Jenkinson 房里，另一架放在会客厅。她向 Elizabeth Bennet 询问是否会弹琴的时候，便自夸道 "*Our instrument is a capital one, probably superior to—You shall try it someday.*"①。

钢琴起初是英国上流社会人士的炫耀品，尽管后来它的普及弱化了财富和地位的象征，但它和上流社会间的象征关系，却是后来新兴中产阶级主要的购买因素之一。在工业革命以前，英国的社会阶层分明，显赫的家世是上流社会普遍的共通点，巨额的财富亦可以买到进入上流社会的门票，两者也经常通过婚姻来加强、补足彼此的关系。工业革命开始后，社会阶层中出现了一群因工厂化而致富的受益者，他们拥有相当的财富，但是社会地位并未如财富爬升得那样快。这是因为当时上流社会的门第之见还是很强烈的，商人和经商经常被视为出身低和不体面的职业（如前一节所述），因此这些新富阶级很难在短时间内被上流社会所承认和接受；即便他们的诸多条件都和上流社会不相上下，他们仍然难免会因为出身平庸受到轻视。经商在上流社会看来仍然不是体面的职业（和拥有土地产业的士绅相较之下），尽管这个自中世纪以来就根深蒂固的印象在工业革命的时代里已经淡化许多，但是这些富商对自己的出身，仍免不了要刻意淡化一番。因此简·奥斯汀是这么描述 *Pride and Prejudice* 里的 Bingley 姐妹：

> *They [the Bingley sisters] were of a respectable family in the north of England; a circumstance more deeply impressed on their memories than that their brother's fortune and their own had been acquired by trade.*②

这一对自视甚高的姐妹，挖苦 Bennet 家的亲戚之余，却没想到自己的金钱来源也是以低下（in a low way）③的方式获得的。让她们得以自认为占上风之处，并不是她们刻意不谈的出身，而是她们所拥有的财富根本不是那些开店的小商人可以比得上的。如同前一节里所提到的，商人里也

---

① Jane Austen, *Pride and Prejudice*, p. 129.
② Ibid, p. 14.
③ Jane Austen, *Sense and Sensibility*, p. 223.

有阶级之分，Bingley 一家在商界的地位显然是属于比较上层的，所以 Bingley 姐妹的家族就是成功地靠经商进入上流社会的一例。

从 Bingley 家族这个例子可知，这群新兴中产阶级在握有财富之后，下一个目标就是拥有令人称羡的社会地位。提升社会地位有许多方法，让儿女受良好的教育，以确保他们未来的社会地位，是必然的实践项目，除此之外，模仿上流社会的消费行为，钢琴就是地位标志性的代表物。*Emma* 一作中的 Cole 家是典型的新富阶层，在一场自家举办的晚宴上，女主人 Mrs. Cole 对宾客们这么说：

> *It seemed quite a shame, especially considering how many houses there are where fine instruments are absolutely thrown away. This is like giving ourselves a slap, to be sure! [...] I really was ashamed to look a tour new grand pianoforté in the drawing-room, while I do not know one note from another, and our little girls, who are but just beginning, perhaps may never make anything of it.*[①]

在 18、19 世纪的英国，男性是家庭经济来源的依靠，而他们的女性家眷——母亲、姐妹、妻子和女儿则是被赋予多才多艺的社会期待。这些才艺包括音乐、刺绣、画画、装饰画框，等等，其中最受重视的就是音乐。*Pride and Prejudice* 一书中的 Miss Bingley 为多才多艺下了如此的定义：

> *No one can be really esteemed accomplished, who does not greatly surpass what is usually met with. A Woman must have a thorough knowledge of music, singing, drawing, dancing, and the modern languages, to deserve the word; and besides all this, she must possess a certain something in her air and manner of walking, the tone of her voice, her address and expressions, or the word will be but half deserved.*[②]

---

① Jane Austen, *Emma*, p. 193.
② Jane Austen, *Pride and Prejudice*, p. 34.

Miss Bingley 对于多才多艺的定义被女主角 Elizabeth Bennet 认为过于严苛，因为两人的出身背景差异甚大，对于女性应该具备的才华有程度不一的认知。但不论多才多艺定义的严宽应该如何定夺，当时的未婚女性确实是透过这些才华的展现来抬高自己在婚姻市场里的身价，以及利用这些才华来显示自己家庭的教养①。因此，当中产阶级有能力购买钢琴的时候，除了是借着消费行为向上流社会靠近，还有另外一个目的，就是利用家中女眷的才华展现家教，拉近与上流社会之间的距离。因此，不论是购买钢琴的消费行为本身，还是钢琴的用途，对于中产阶级这个新富族群而言，其主要目的都是提升自我的社会地位。正如 Miriam F. Hart 所言："*Not only would musical skills increase the marketability of marriageable daughters, but the possession of an impressive instrument would be a clear status*"②。Arthur Loesser 也认为"*The pianoforte became a symbol of respectability*"③。钢琴从一个用以彰显女性音乐才华的乐器，进而成为财富、品位的展示品，这个转变加大了钢琴市场的需求，带动了英国制琴业的发展。而后的工业革命，则使钢琴平价化，造成钢琴形象的再度转变。随着钢琴问世的时间越来越久，其价格变得越来越低廉，它的消费群众也从中产阶级逐渐下探到中低阶级的人家。因此，购买钢琴变成了一种社会惯性的消费行为，只要是负担得起钢琴价格的家庭都会购买钢琴，而随着这种音乐人口的增加，钢琴又渐渐从财富和地位的象征转为家庭教养的指标。

第四节　性别与音乐

第二章已讨论过简·奥斯汀所收藏的乐谱，以及研究简·奥斯汀乐谱的学者 Patrick Piggott 对简·奥斯汀音乐品位的看法。然而，仅凭着简·奥斯汀的乐谱去了解她的品位，此举过于偏颇。一个人的音乐收藏固然受

---

①　Arthur Loesser, *Men, Women and Pianos: A Social History*, p. 268.
②　Miriam F. Hart, *Hardly an Innocent Diversion: Music in the Life and Writings of Jane Austen*, p. 13.
③　Arthur Loesser, *Men, Women and Pianos: A Social History*, p. 236.

个人喜好的影响，但时代风气也很重要。因此，在对简·奥斯汀的品位做出评论之前，首先要了解当时英国的音乐环境概况。

英国对于音乐与性别之间全然迥异的看法，早在 17 世纪前半叶就已显露。Henry Peacham 于 1622 年出版了 *The Compleat Gentleman* 一书，他在第十一章"Of Musicke"中表明了他对音乐的看法——"*I desire not that any Noble or Gentleman should（save at his private recreation and leasureable houres）proove a Master in the fame, or neglect his more weighty imployments*"①。如同先前在讨论 gentleman 一节中所提到的，简·奥斯汀所处的那个时代不只是阶级分明，人们还将身份地位看得很重。因此在低位的力图上游，在高位的则是时时注意言行举止，所言所行都必须合乎身份地位才能获得敬重。在这本绅士守则的书中，Peacham 告诫具有身份地位的男性不宜被音乐占去太多时间，这样的态度逐渐形成了社会风气。自 17 世纪中期开始，学习音乐、从事音乐活动来自娱和娱人的音乐爱好者的男女比例开始越来越悬殊，逐渐转为几乎都是女性。到 17 世纪下半叶，复辟时期终结之际，"*English gentlemen had pretty well given up the practice of music themselves*"②。英国哲学家 John Locke（1632—1704）在 1693 年发表的论文 *Some Thoughts Concerning Education* 中，清楚地说明了当时对男性学习音乐的看法：

> *Musick is thought to have some affinity with Dancing, and a good Hand, upon some Instruments, is by many People mightily valued. But it wastes so much a young Man's time, to gain but a moderate Skill in it; and engages often in such odd Company, that many think it much better spared: and I have, amongst Men of Parts and Business, so seldom heard anyone commended, or esteemed for having an Excellency in Musick, that amongst all those things, that ever came into List of Accomplishment, I think I may give it the last place.*③

---

① Henry Peacham, *The Compleat Gentleman*, p. 98.
② Arthur Loesser, *Men, Women and Pianos: A Social History*, p. 209.
③ John Locke, *Some Thoughts Concerning Education*, §197, p. 174.

第五章　金钱、社会阶级、性别和钢琴

在18世纪的欧洲，尽管莫扎特和贝多芬的声势如日中天，但在英国社会地位较高的人们眼中，音乐本质上被视为是女性适宜的活动，也因为这个性别的刻板印象，所以音乐绝对不是英国男性会被鼓励从事的行业，Arthur Loesser 在 *Men, Women and Pianos: A Social History* 一书中便指出："*By the end of the Restoration, English gentlemen had pretty well given up the practice of music themselves*"[①]。相反地，女性则是社会期待去从事音乐活动的对象，因此尽管史书上所记载的尽是男性音乐家，但实际从事音乐活动的主要人员却是女性，不论她们是发自内心的喜爱还是出于被迫。欣赏音乐被视为一种雅兴，士绅小姐附庸风雅，借此彰显教养和品位，实属普遍之事，故女性爱乐者为数众多，绝非偶然。之所以要在此处强调男女性别之爱乐者的差异，是因为大部分男性爱乐者的立场都很单一，纯粹是站在听众的角度欣赏；而女性爱乐者则多兼具双重身份，她们既是听众，又是音乐活动的主角——演奏者。诚如 Miriam F. Hart 所言 "*Eighteenth-century culture was rich with female musicians, so many in fact that it was assumed that virtually every family (with any money) had produced talented amateurs*"[②]。

然而男性并非真的完全与音乐脱节，平心而论，英国的音乐风气仍是由他们在背后推动，只是他们和音乐的实际接触面少之又少。他们购买钢琴，让家中的女眷学习唱歌和弹琴，赶流行般地花大价钱去参加由外国演奏家担纲演出的音乐会，这大概就是英国士绅阶级主要的音乐生活[③]。此外，18世纪的英国，音乐除了演奏的层面，还被视为科学学科中的一门，许多知识分子对于音乐评论、音乐史、音乐美学等理论层面有所贡献，这些将音乐视为科学研究及论述的知识分子皆为男性，他们执笔谈论音乐，但同一双手却鲜少在任何乐器上制造乐音。这些受过良好教育的绅士认为，谈论音乐可以彰显知识和品味，但论到音乐的实践层面（即学习和演奏），则是万万不可之事。这些知识分子对音乐理论和实践两个方面截然不同的态度其来有自：在贝多芬之前，音乐家多受雇于贵族，其身份等同于仆役，即便自贝多芬之后，越来越多的音乐家脱离贵族而自立，但是音

---

① Arthur Loesser, *Men, Women and Pianos: A Social History*, p. 209.
② Miriam F. Hart, *Hardly an Innocent Diversion: Music in the Life and Writings of Jane Austen*, p. 10.
③ Arthur Loesser, *Men, Women and Pianos: A Social History*, p. 212.

乐家作为仆役的印象仍深根于这些对身家背景感到自豪的知识分子脑中。英国著名的外交家 Philip Chesterfield（1694—1773）在 1749 年一封写给儿子的信中也不忘告诫其这件事情：

> *I cannot help cautioning you against giving into those (I will call them illiberal) pleasures (though music is commonly reckoned one of the liberal arts) to the degree that most of your countrymen do [...] If you love music, hear it; go to operas, concerts, and pay fiddlers to play for you; but I insist upon your neither piping nor fiddling yourself. It puts a gentleman in very frivolous, contemptible light; brings him into a great deal of bad company; and takes up a great deal of time [...] Few things would mortify me more, than to see you bearing a part in a concert, with a fiddle under your chin, or a pipe in your mouth.*①

即便二十多年后，Philip Chesterfield 在写给另一个儿子的信中对音乐的态度依然没有缓和：

> *[...] when we parted you promised me never to turn piper or fiddler. I don't know by what strange luck music has got the name of one of the liberal arts. I don't see what can entitle it to that distinction, and for my part, I declare that I would rather be reckoned the best barber than the best fiddler in England. Nothing degrades a gentleman more than performing upon any instrument whatever. It brings him into ill company and makes him proud of his shame.*②

---

① Lord Chesterfield, *Letters to His Son and Others*, p. 97.
② Richard Leppert, *Music and Image*, p. 23.

第五章 金钱、社会阶级、性别和钢琴

根据 Philip Chesterfield 及 John Locke 所言，演奏音乐对男性而言不仅浪费时间而且有损颜面，身份地位都会因此受到影响（虽然男性从事这一活动被认为是如此丢人现眼之事，但也是他们心目中认为最适宜女性从事的活动）。对音乐有兴趣的男性，在社会观念的压力之下只能转而研究音乐，向哲学、美学、历史、评论等理论领域去发展，故 18 世纪后半叶讨论音乐的相关书籍数量大幅增加，相关的音乐刊物也纷纷出版发行。Lawrence Lipking 在 *The Ordering of the Arts in Eighteenth-Century England* 一书中提到，"*Before histories of the arts can be written, two obvious conditions must be satisfied: men must be interested in history, and they must be interested in the arts.*"[①]，而历史与音乐的交集终于在英国的音乐历史学家 Charles Burney（1726—1814）笔下获得实证。

Charles Burney 原为作曲家，牛津大学曾因其音乐贡献而授予他音乐荣誉博士的头衔，然而在获得如此殊荣之后他却逐渐放弃音乐创作，转往研究音乐理论，为撰写音乐历史书籍而努力。他先是在 1769 年发表 *An Essay Towards a History of the Principal Comets That Have Appeared Since the Year 1742*。1770 年他离开伦敦到欧陆各国去游历，并将他对欧陆地区音乐发展的观察写成两本书：*The Present State of Music in France and Italy*（1771）及 *The Present State of Music in Germany, the Netherlands and United Provinces*（1773）。在这两本欧陆地区音乐发展的书籍完成后，Burney 开始着手音乐通史，1776 年起他出版了 *A General History of Music from the Earliest Ages to the Present Period, to which is prefixed, a Dissertation on the Music of the Ancients* 的第一册，这套大型音乐史书共四大册，第一和第四册之间相隔三年，直到 1789 年第四册出版，Burney 才宣告全套书完成。

Burney 这套音乐通史的出版不仅为音乐史籍增添贡献，还显示了英国男性爱好音乐的方式全然不同于女性；Charles Burney 从作曲家转型为音乐史家的过程，也透露了英国社会赋予男性音乐家的压迫感，以及对男性作为音乐学者的认同感。18 世纪下半叶音乐出版品越发蓬勃的盛况反映了英国男性研究音乐的风气和成果日益增添。音乐学者 Peter le Huray 和

[①] Lawrence Lipking, *The Ordering of the Arts in Eighteenth-Century England*, p. 6.

James Day 在合著的 *Music and Aesthetics in the Eighteenth and Early-Nineteenth Centuries* 一书中指出：

> *In England, for instance, aesthetics and music form a significant part of no more than five books published during the first quarter of the eighteenth century. This number more than doubled during the subsequent twenty-five years, rising to thirty between 1750 and 1775, and more than forty between 1775 and 1800.*①

这些音乐论著包括 Charles Avison 的 *An Essay on Musical Expression* (1753)、Oliver Goldsmith 的 *School of Music* (1759) 以及 James Beattie 的 *Essays: On Poetry and Music, as they affect the Mind; On Laughter, and Ludicrous Composition; On the Utility of Classical Learning* (1778) 等，除了理论专书，Charles Burney 和 John Hawkins 也在 1770 年代开始陆续共同出版英国和欧陆的音乐史书，同年 Jean Jacques Rousseau (1712—1778) 为百科全书 (*Encyclopédie*, 1751—1772) 撰写的音乐词条，以及个人著作 *Dictionnaire de Musique* 也被译成英文 (*Dictionary of Music*) 出版，英国的音乐著作呈现百花齐放的荣景。在其后数十年间，英国不仅出版音乐书籍和期刊，音乐在杂志、报纸上也占有一席之地，这些音乐相关文章不尽然是理论性质的，有些纯粹只是音乐会宣传之用。William Weber 在 *Music and the Middle Class* 一书中提到，到了 1840 年，几乎所有的报纸和杂志都会报道音乐会的相关信息②。由此可见，音乐受到正视的程度。

尽管音乐史书在论及古典乃至浪漫时期的英国音乐时，其陈述部分所占的篇幅和德奥地区相差悬殊，全然无法相提并论。然而从英国音乐会的蔚为潮流、女性音乐才华的普及以及各种音乐出版品的盛况，我们可以想

---

① Peter le Huray, James Day, *Music and Aesthetics in the Eighteenth and Early-Nineteenth Centuries*, p. 1.

② "*by 1840 virtually all newspapers and magazines had extensive coverage of concert events* [...]." Miriam F. Hart, *Hardly an Innocent Diversion: Music in the Life and Writings of Jane Austen*, p. 13.

第五章　金钱、社会阶级、性别和钢琴

象当时英国人的生活和音乐必定有着非常密切的关系。18世纪后半叶，英国在纺纱机上的改良带动了纺织业的发展，也掀起了工业革命的序幕，蒸汽机发明之后，产能的提升和产量的增加更让英国的经济领先全欧。如此的经济繁荣景象对欧陆音乐家本来就是很大的吸引力，再加上英国又缺乏本土音乐家，这两个条件相加起来的结果就是——几乎所有和音乐有关的工作都由这些外国音乐家包办了！他们举办音乐会、作曲并且教授私人学生，英国18到19世纪的这段音乐史正如他们当时流行的音乐一样，充满欧陆风情。

但也并非所有的英国男性都对音乐的演奏敬而远之，钢琴和女性形象的联结最为强烈，但除了钢琴，还有许多女性不宜的乐器可供选择。因此，"there did exist some young gentlemen who swung fiddles under their chins and held pipes to their mouths"①。在诸多乐器当中又以长笛（the German flute）最受青睐。这些胆敢拿起乐器演奏的男性并非他们勇气可嘉，勇于挑战社会价值观，而是他们对音乐热爱到无惧他人眼光的程度，"it was the men of the high aristocracy who could best away with this disregard or current standards"②。这些出身名门，原本声望和地位就非常高的男性，不论做什么事情都无损他们原本的高贵；相反，"the son of an aspiring city businessman who would have dared to compromise his respectable standing or his hopeful future by letting plebeian shoot at him for carrying a violin case in the street"③。对于那些好不容易才建立社会地位的商人而言，进入上流社会并成为其中的一分子，是他们最热切的期望也是最终的目标，因此他们对于所有会减损声望、破坏观感的事物自然是避之唯恐不及，遑论演奏乐器，连提着乐器从街上走过都被他们认为有损颜面。由此可知，英国人对音乐和性别的成见（或说是偏见）的严重程度！

至于那些勇于挑战世俗眼光学习、演奏乐器的男性（尤其是弹奏键盘乐器），他们唯一能够摆脱他人轻视、重新被社会接纳的机会就是"becoming an organist and choirmaster"④，进入教堂任职，也因此成为英

---

① Arthur Loesser, Man, Women and Pianos: A Social History, p. 213.
② Ibid.
③ Ibid, 214.
④ Ibid.

国有志于音乐的男性的最佳选择，也是他们别无选择的出路。

在简·奥斯汀所处的时代，英国社会的价值观和舆论使英国男性少有人以音乐为职，但这个时代同时也是"*a time when women were expected to learn to play, a time when stages were flooded with performers, yet a time when a profession was out of the question for a middle-class women*"①。女性的音乐爱好者是英国音乐活动的主角，然而这些主角们在音乐历史中却多受忽视，以至于这段时间的英国音乐史，在音乐史书里总是难以和德奥地区相提并论。历史是实与虚的结合，只见实而未见虚，犹如以管窥天，所作之论述也容易流于以偏概全。所以，英国不是一个音乐荒岛，它是一个男女有别、音乐文化独具特色之地。

第五节　性别与钢琴

在本章的第三节已经提及过，中产阶级由于钢琴能彰显身份地位，而对钢琴趋之若鹜。如果说购买钢琴是他们向上爬升的第一步，那么让家庭里的女性学习钢琴就是必然的下一步了。在当时，弹奏钢琴是每一位受过良好教育的未婚女性应该具备的才能，这个教养的象征在当时几乎是铁的定律，女性即便不弹钢琴，不演奏其他乐器，至少也还会唱唱歌，音乐几乎是当时所有未婚女性共同具备的才华。*Mansfield Park* 中的一段对话勾勒出当时的音乐才华之于女性的普及性：

"[...] How many Miss Owens are there?"
"Three grownup."

"I do not at all know. I never heard."

---

① Miriam F. Hart, *Hardly an Innocent Diversion: Music in the Life and Writings of Jane Austen*, p. 98.

第五章 金钱、社会阶级、性别和钢琴

"That is the first question, you know," said Miss Crawford, trying to appear gay and unconcerned, "which every woman who plays herself is sure to ask about another. But it is very foolish to ask questions about any young ladies—about any three sisters just grownup; for one knows, without being told, exactly what they are: all very accomplished and pleasing, and one very pretty. There is a beauty in every family; it is a regular thing. Two play on the pianoforte, and one on the harp; and all sing, or would sing if they were taught, or sing all the better for not being taught; or something like it."[①]

从前段引述可见，钢琴的普及率更胜竖琴，但不管是演奏还是演唱，对当时的女性而言都是再平凡不过的才艺，许多女性甚至同时精通两者。因此 Miriam F. Hart 如此形容当时的音乐盛况："*Eighteenth-century culture was rich with female musicians, so many in fact that it was assumed that virtually every family (with any money) had produced talented amateurs.*"[②]。无怪乎 Pride and Prejudice 中的贵妇人 Lady Catherine 和女主角 Miss Bennet 初次会面时就有了以下的对话：

"[...] Do you play and sing, Miss Bennet?"

"A little."

"Oh! then—sometime or other we shall be happy to hear you. Our instrument is a capital one, probably superior to—You shall try it someday. Do your sisters play and sing?"

"One of them does."

---

① Jane Austen, *Mansfield Park*, pp. 17—18.
② Miriam F. Hart, *Hardly an Innocent Diversion: Music in the Life and Writings of Jane Austen*, p. 10.

"Why did not you all learn? —You ought all to have learned. The Miss Webbs all play, and their father has not so good an income as yours. —Do you draw?"①

Lady Catherine 对于女主角家的五个姐妹竟然没有每个都学习音乐感到讶异，她认为 Bennet 家的五个姐妹都应该学习钢琴，而且也应该要具备绘画的专长。Lady Catherine 对音乐和绘画这两项专长都颇为注重，然而从她问话的顺序就已然揭露这两项才华在当时受到的重视谁更为甚，类似的观点也出现在 Mansfield Park 中两位小表姐跟姨妈的对话之中：

"[...] But I must tell you another thing of Fanny, so odd and so stupid. Do you know, she says she does not want to learn either music or drawing."

"To be sure, my dear, that is very stupid indeed, and shews a great want of genius and emulation. But, all things should be so, for, though you know (owning to me) your papa and mamma are so good as to bring her up with you, it is not at all necessary that she should be as accomplished as you are; on the contrary, it is much more desirable that there should be a difference."②

Sir Thomas 家的两位小表姐，对于刚加入她们家庭的表妹充满好奇，但是随即对她知识的无知表达了惊讶，而最大的震惊莫过于表妹表示她不想学音乐也不想学绘画。由此可知，当时的女性从小就被灌输应该具备音乐及绘画的专长，这几乎是根深蒂固的观念。而姨妈的回应也让读者了解，仅仅是具备才华与否，就表明了彼此间出身背景及社会地位的不同。

音乐并非唯一受到正视的专长，相反地，除了音乐，例如法文、意大利文、绘画、刺绣等多种可以增添女性气质和涵养的才艺，都是英国女性

---

① Jane Austen, *Pride and Prejudice*, p. 129.
② Jane Austen, *Mansfield Park*, pp. 292—293.

涉猎的项目。*Persuasion* 一作里的 Anne Elliot 能够将音乐会节目单上的意大利文歌词实时翻译并解释给 Mr. Elliot，已然表明她的意大利文具有相当高的程度：

> "This", said she, "is nearly the sense, or rather the meaning of the words, for certainly the sense of an Italian love-song must not be talked of, but it is an nearly the meaning as I can give; for I do not pretend to understand the language. I am a very poor Italian scholar."
>
> "Yes, yes, I see you are. I see you nothing of the matter. You have only knowledge enough of the language to translate at sight these inverted, transposed, curtailed Italian lines, into clear, comprehensible, elegant English [...]" ①

女性学习多种才艺蔚为潮流，与其说是社会风气，不如说是社会对女性所赋予的期待所导致的。当时的社会以才艺的多寡和精通程度来评价女性，在如此的准则之下，要成为他人眼中受过良好教育、富有教养的女性，最佳办法就是让自己变得多才多艺。在各项才艺当中，音乐最被看重，Richard Leppert 道破了主要原因：

> [...] the culture demanded music as an appropriate mark of both femininity itself and female class status. As such music was routinely viewed by parents as an assert to their daughters' future matrimonial stock. It was an investment aimed at preserving family honor, for a father thus risked neither the social shame nor the economic burden of producing an old maid.②

---

① Jane Austen, *Persuasion*, p. 186.
② Richard Leppert, *Music and Image*, p. 29.

无论是为了家族名誉还是经济上的考量，培养女儿的音乐才华，是身为父亲绝无亏损、且一举两得的投资；而音乐才华帮助未婚女性获得婚姻，并教养出有音乐才华的女儿，如此的世代循环也加深了音乐和婚姻之间的关联性。故 Richard Leppert 认为 "*music and women are conflated in eighteenth-century England culture.*" 另一位音乐学者 Arthur Loesser 也指出 "*the history of the pianoforte and the history of the social status of women can be interpreted in terms of one another*"①，进一步阐明在 18 世纪女性音乐活动中扮演要角的正是钢琴。

这个时期女性的音乐教育，主要是为了让她们得到才华上的肯定以增加婚姻市场的竞争力，而不是成为杰出的演奏家。因此这个时期，虽然学习音乐的女性众多，但是她们展现琴艺的主要场合多在社交宴会上，少有人登上正式的公众舞台。音乐才华之于女性，特别是未婚女性，其积极面是帮助她们在社交场合结交上流社会人士，增加她们找到金龟婿的机会，而消极面则是让她们在家庭中得以借着练习而消磨时间；但不论是积极的还是消极的，音乐的实用性远大于文化上的意义。*Mansfield Park* 中一段汤玛士爵士对女儿的期许，就清楚地说明了音乐对于女性婚姻的重要性：

> [...] *the Miss Bertrams continued to exercise their memories, practice their duets, and grow tall and womanly: and their father saw them becoming in person, manner, and accomplishments, everything that could satisfy his anxiety. [...] His daughters, he felt, while they retained the name of Bertram, must be giving it new grace, and in quitting it, he trusted, would extend its respectable alliances.*②

对于出身名门且家境富有的女性而言，她们已经在婚姻市场上占了绝对优势，容貌和才华对她们只是锦上添花，但是对于出身普通的女性而言，如果没有如花的容貌或出色的才华，很难引起未婚男士的注意，换言之，如果先天条件不如人，在后天的才华上就必须更加努力。因此简·奥

---

① Arthur Loesser, *Men, Women and Pianos: A Social History*, p. 267.
② Jane Austen, *Mansfield Park*, p. 19.

第五章 金钱、社会阶级、性别和钢琴

斯汀在 *Pride and Prejudice* 中如此描写 Mary Bennet：

> [...] *she* [*Elizabeth*] *was eagerly succeeded at the instrument by her sister Mary, who having, in consequence of being the only plain one in the family, worked hard for knowledge and accomplishments, was always impatient for display.*[①]

Bennet 一家并无显赫家世，财产也不丰厚，五个女儿在父亲去世后只能平分五千英镑的财产，这些钱若没有运用妥当，她们的生活很容易捉襟见肘。为了日后生活的安稳着想，五个女儿必须要嫁到好人家，当然，这除了靠自身的美貌，还必须加上一点好运气。Mary Bennet，在五个姐妹中是长相最普通、最不起眼的一个，她先天条件的不足迫使她必须在其他方面提升自己在婚姻市场中的竞争力，为此她在钢琴上下了许多功夫，一有机会就力图展现。Mary 的处境和心态虽然使得她在小说中成为可笑又怜的一个角色，然而这个角色很可能是当时多数女性的缩影：现实生活中没有那么多的 Mr. Darcy，多数人都没有小说女主角的幸运，因此她们能凭靠的就只有后天培养的各项才艺，而音乐正是其中最受重视的一项。

相反地，另一部小说 *Emma* 中的女主角 Emma 家境优越，她有机会接受各种才华的课程及训练，然而她却无一专精。乍看之下 Emma 好像是一个骄纵的富家女，然而她母亲早逝，父亲年事已高，姐姐已出嫁，所以她在家里掌管大权，因此 Claudia Johnson 等文学评论家将她视为一个具有男性成分的角色[②]。但 Emma 之所以被视为一个较为男性的角色，并不只是因为她必须代替年长的父亲持家，处理一般由男人掌管的事，主要是因为她所拥有的经济权力，使她能够处在和男性相当的地位。所以 Emma 自己说道：

---

① Jane Austen, *Pride and Prejudice*, p. 21.
② Miriam F. Hart, *Hardly an Innocent Diversion: Music in the Life and Writings of Jane Austen*, p. 170.

> *"I have none of the usual inducements of women to marry. […] I am sure I should be a fool to change such a situation as mine. Fortune I do not want; employment I do not want; consequence I do not want: I believe few married women are half as much mistress of their husband's house, as I am of Hartfield […]"* ①

Emma 经济充裕，她不需要担心婚姻问题，因为她根本不需要婚姻。所以才艺是否专精对她而言并不重要。她自己也说道："*Woman's usual occupations of eye and hand and mind will be as open to me then, as they are now; or with no important variation.*"② 她结婚也好，不婚也罢，她的生活并无太大差异，这些才艺于她而言是用来打发时间的，并非另有目的。

在简·奥斯汀的六部小说里，女性演奏钢琴的场景处处可见，然而，在这六部小说中，却从来没有任何男性演奏钢琴或其他乐器的情节，唯一明确和男性相关的音乐场景，就是 *Emma* 中的 Frank Churchill 为 Emma 和 Jane Fairfax 的歌唱合音③。钢琴，或说女性和音乐之间的密切关联性，并非简·奥斯汀的刻意塑造，而是当时的英国对于男性和女性接受音乐教育的态度截然不同。

前一节里已经提及过17世纪的英国哲学家 John Locke，他认为学习音乐这种平庸的技艺实在是浪费一个年轻男性的时间④，这种偏见一直到19世纪仍普遍存在。演奏钢琴被视为是女士和职业音乐家的任务，对于中下阶层的男性也还算适当，然而对中上阶层的绅士（gentlemen）而言，钢琴并不适合他们的身份，他们通过歌唱就足以展现其音乐品位了。简·奥斯汀通过 *Pride and Prejudice* 中的 Mr. Collins 清楚地表达了当时男性对于音乐的态度：

> *"If I,"* said Mr. Collins, *"were so fortunate as to be able to*

---

① Jane Austen, *Emma*, pp. 66—67.
② Ibid, p. 67.
③ Ibid, pp. 204—205.
④ John Locke, *Some Thoughts Concerning Education*, §197, p. 174.

sing, I should have great pleasure, I am sure, in obliging the company with an air; for I consider music as a very innocent diversion, and perfectly compatible with the profession of a clergyman. —I do not mean, however, to assert that we can be justified in devoting too much of our time to music, for there are certainly other things to be attended to."①

Mr. Collins 说音乐是一种无伤大雅的娱乐（a very innocent division），然而他的后话却表露出，他觉得男性不宜在音乐上花太多心思，因为这些宝贵的心力应该去从事其他更为重要的事情。在了解了英国对于性别和音乐观点截然不同的特殊情形后，Mr. Collins 的一席话听起来是格外的熟悉。简·奥斯汀在此处，一方面借着小说的虚点出历史的实，另一方面或许也是故意嘲讽 John Locke，毕竟当初没有他和其他思想家的带头，英国在 18 世纪之后的音乐发展，可能会呈现截然不同的现象。

---

① Jane Austen, *Pride and Prejudice*, p. 82.

第六章

简·奥斯汀小说中的音乐场景及功能

历史的研究讲求实证，然而即便有了确凿的证据，有时候仍然会面临其他难处。譬如研究钢琴发展历史的学者，可以凭借钢琴商的交易文件、乐谱发行的年份和发行量等真实存在的历史文件，去了解钢琴在某个时期大概的普及率，然而这些历史文件却无法告诉研究者，谁去购买钢琴，谁真正弹奏钢琴，还有为什么要弹奏钢琴之类的问题。小说，如同"*folk documenter of music historiography*"[1]，其细腻的摹写，解决了历史实证无法说明的部分，使研究者能在虚构中看见真实。

简·奥斯汀在小说中陈述了许多演奏音乐或跟钢琴有关的场景，这些场景犹如音乐概况的片段，将之集合便可拼凑成大幅的时代素描。所以单就一部小说而言，片段会看似琐碎而凌乱，但是将六部小说的片段放在一起，将之加以归纳、分类与分析后，整个音乐场景的轮廓就会清晰起来，音乐的意义和功能也就呼之欲出。以研究者的身份而言，这些小说虽然不能作为史实，但是确实能为当时的音乐生活提供某种程度上的见证。例如 *Pride and Prejudice* 从创作到出版，相隔了约莫十五年[2]，这十几年间的音乐情形，有维持也有转变。例如在这段时间，英国的钢琴从手工制作进步到由工厂的生产线制造，并且因为其诸多改良而在欧陆名气响亮，尤其是 Broadwood 的名字几乎是当时提到钢琴的第一联想，因此简·奥斯汀并

---

[1] Sophie Fuller and Nicky Losseff, *The Idea of Music in Victorian Fiction*, p. xiv.

[2] *Pride and Prejudice* 的初稿写于 1796 到 1797 年间，原名为 *First Impressions*，这部小说一开始并未受到出版社青睐，而是直到 1812 年才有出版社买下版权，隔年（1813 年）以 *Pride and Prejudice* 作为书名出版。

未在 *Pride and Prejudice* 中提到钢琴制造商,但是却在 *Emma* 中特别提到 Broadwood 钢琴[①],并且通过小说中的人物对 Broadwood 钢琴表达了赞赏[②]。这两部创作时间相隔甚久的小说另一个值得观察之处就是小说人物所弹唱的钢琴曲和歌曲。不管是 *Pride and Prejudice* 还是 *Emma*,都提到了爱尔兰及苏格兰的歌谣,可见英国民众对于这些地方曲调的喜爱并非一时的热衷。另外,*Emma* 中甚至明确提及歌曲 *Robin Adair*[③]。这些音乐片段看似无关紧要,其实透露了当时流行的音乐风格。

钢琴和音乐场景在简·奥斯汀的小说中占有相当的分量,然而并非每一个场合都具有相同的意义和功能,因此以下将依所占的分量比例,依次叙述钢琴及音乐在其小说中所具备的功能性,从"社交场合的余兴""情感的媒介""话题"及"其他功能"几点进行讨论。

第一节 音乐作为社交场合的余兴

英国在 18 世纪末、19 世纪初乡间的社交活动,根据简·奥斯汀小说里的描写,主要是邻里间身份地位较高、经济能力较好的人家所举办的晚宴,换句话说,举办这些晚宴的都是属于中高阶级的家庭,其邀请的宾客也和主人家的身份地位相当。由于简·奥斯汀是根据自身所处的生活圈的经验来下笔叙述的,因此此节所探讨的主要对象便限定在这一个社会阶层,并非涵盖整个社会群体。此种晚宴主要功能在于社交,吃饭只是其中的一部分,因此宾客们并非晚餐吃完便告辞,相反地,在晚餐之后还有一些其他活动,通常不外乎欣赏音乐、跳舞或是玩牌。这些餐后的余兴就其社交功能而言,其重要性并不亚于晚餐,而且由于这些余兴活动的性质不一,因此宾客间的互动形式也不相同,在社交上的效果也不一样。因此在

---

① *Pride and Prejudice* 的初稿写于 1796 到 1797 年间,原名为 *First Impressions*,这部小说一开始并未受到出版社青睐,而是直到 1812 年才有出版社买下版权,隔年(1813 年)以 *Pride and Prejudice* 作为书名出版。

② 虽然简·奥斯汀在书中提及 Broadwood 钢琴,但据说她自己在同一个时期拥有的方形钢琴出自 Stodart。

③ Jane Austen, *Emma*, p. 219.

Pride and Prejudice 中，Elizabeth 和好友 Charlotte Lucas 谈论到 Jane 和 Mr. Bingley 两人的关系进展时说：

"[...] But, though Bingley and Jane meet tolerably often, it is never for many hours together; and as they always see each other in large mixed parties, it is impossible that every moment should be employed in conversing together. Jane should therefore make the most of every half-hour in which she can command his attention. When she is secure of him, there will be leisure for falling in love as much as she chuses."

"Your plan is a good one," replied Elizabeth, "where nothing is in question but the desire of being well married; and if I were determined to get a rich husband, or any husband, I dare say I should adopt it [...] She has known him only a fortnight. She danced four dances with him at Meryton; she saw him one morning at his own house, and has since dined in company with him four times. This is not quite enough to make her understand his character."

"Not as you represent it. Had she merely dined with him, she might only have discovered whether he had a good appetite; but you must remember that four evenings have been also spent together—and four evenings may do a great deal."[1]

这两人的对话表明，即便与宴宾客众多，男女双方少有单独交谈的机会，但无声的观察也不失为一种了解彼此的方式。在简·奥斯汀小说当中，对当时宴会后的各种活动都有或多或少的描述，然而在其中占最大篇幅的莫过于音乐欣赏这个部分。由于此时钢琴在中上层社会已经相当普及，有能力宴请宾客的主人家里必然有一架钢琴，因此在饭后从餐厅移阵

---

[1] Jane Austen, *Pride and Prejudice*, p. 19—20.

第六章 简·奥斯汀小说中的音乐场景及功能

到客厅弹琴唱歌，几乎成为当时这种社交场合的习惯了。在 Sense and Sensibility 中，Dashwood 母女三人第一次参加 Middleton 家举办的晚宴，餐后的情景是这样的：

> *In the evening, as Marianne was discovered to be musical, she was invited to play. The instrument was unlocked, everybody prepared to be charmed, and Marianne, who sang very well, at their request went through the chief of the songs which Lady Middleton had brought into the family on her marriage [...]*[①]

这个场景体现的是中上阶层在晚餐宴请之后聚在一起聆赏音乐，这不仅是作为饭后的休闲娱乐，还提供女士、小姐展现平日练习成果的机会。这段话里并未出现"pianoforte"一词，然而这并不会造成当时读者的疑惑或困扰，因为不论是"play"还是"the instrument"，对于简·奥斯汀那个时代的读者而言其意指的乐器不言而喻。类似的情形也出现在简·奥斯汀的其他小说中，由此可见钢琴在当时有多普遍。另外"*everybody prepared to be charmed*"[②]一句，也表明当时参与晚宴的客人对于餐后的音乐节目已经有所预期，因此以音乐作为晚宴后的余兴绝非偶然。

这种音乐余兴节目有时让宾主尽欢，但不尽然每回都令人愉快，Pride and Prejudice 中的 Mary Bennet 就是一个令人不敢恭维的例子：

> *Mary had neither genius nor taste; and though vanity had given her application, it had given her likewise a pedantic air and conceited manner, which would have injured a higher degree of excellence than she had reached.*[③]

Mary 不会放过任何可以出风头的机会，对于自己的表演也丝毫不知

---

① Jane Austen, *Sense and Sensibility*, p. 33.
② Ibid.
③ Jane Austen, *Pride and Prejudice*, pp. 21—22.

节制，因此有一回她的父亲 Mr. Bennet 为了不让她继续出丑，不得不对她说道，"You have delighted us long enough. Let the other young ladies have time to exhibit."①。Mr. Bennet 的这句话适时地阻止了 Mary 将整个晚上发展成个人独奏会的可能，同时也点出这种娱乐性质的音乐节目通常并非由一人独撑大局，而是由各家小姐轮流展现自己的本事，因此表演背后难免带有较劲的意味。这个较劲并没有台面化，但将钢琴当作工具，通过音乐来一较高下，却是人人心里有数的。例如 *Emma* 中有一幕 Jane Fairfax 和姨妈 Miss Bates 受邀在 Emma 家共进晚餐的情形：

> They had music; Emma was obliged to play; and the thanks and praise which necessarily followed appeared to her an affectation of candour, an air of greatness, meaning only to shew off in higher style her own very superior performance.②

Emma 虽然早已在自家晚宴上见识过简·奥斯汀的音乐才华，且心生嫉妒，但另一次在邻居 Cole 家晚宴上的音乐表演，才真正让她 "*did unfeignedly and unequivocally regret the inferiority of her own playing and singing*"③。她对幼时在音乐的怠惰感到悔恨，正因为如此，她隔天才会 "*sat down and practised vigorously an hour and a half*"④。

倘若不是在乎高下，Emma 何须懊恼，又何须苦练？钢琴在此扮演了一个有趣的角色，它不仅是一个制造音乐的乐器，还是用来一较高下的工具，犹如今日的选美比赛，众佳丽除了容貌，还得展现才艺赢得目光以获得青睐。看似单纯的音乐表演背后其实有浓厚的较劲意味，又或说，这个表演其实犹如音乐比赛，由听众各自评判谁是第一。若音乐表演的目的仅仅在于提供娱乐，求的应是宾客尽欢，而非分出高下，然而不管是演奏者还是听众都会对表演进行评判，且演奏者本身对他人的评判相当在意（这个在意的时长可能从表演前一直持续到表演后），可见这个表演虽然表面平和，但台面下却是暗潮汹涌，至于原因为何，这就是值得讨论的问题。

---

① Ibid, p. 81.
② Jane Austen, *Emma*, p. 127.
③ Ibid, p. 174.
④ Ibid.

第六章 简·奥斯汀小说中的音乐场景及功能

这种在晚餐过后聆赏的音乐余兴节目，本质上是作为一种聆赏和娱乐，并且提供年轻女性展现才华的机会，例如 *Pride and Prejudice* 中的 Mary Bennet 便处处抓住这种机会。然而，这些节目的表演者多是年轻的未婚女性，其他参加晚宴的宾客则是理所当然的听众，其中自然也包括未婚的男性。因此这种音乐节目看似是娱乐性质的，但是所彰显出的不只是音乐本身，还包括女性音乐才华的能力以及家庭教养，其背后所代表的意义让这种音乐节目更像是隐性的才艺比赛。对女性而言，音乐表演的优劣只是表面上的较劲，这股较劲只关乎自己和家庭的面子，然而更深一层的较劲就重大得多，这股较劲是婚姻市场上的较劲，是通过演奏来获得男性的注视和欣赏，亦是通过音乐来制造爱情的契机。例如 *Emma* 中的 Emma，她因为自知不论弹唱跳舞 Jane Fairfax 都更胜一筹，所以积极地和 Frank Churchill 筹划舞会，想要以此和 Jane 互别苗头，但当她发现 Mr. Knightley 入神地欣赏 Jane 的演奏时，她便猜想 Mr. Knightley 对 Jane 怀有情意，因此而感到心慌意乱。

换言之，在这个场合里，音乐不只是音乐；演奏者也不只是演奏，其背后还带有企图——吸引男性的注意，以发展进一步的关系；听众也不只是听众，他们听音乐并非总是出于对音乐的喜好，欣赏的往往也不只是音乐——他们犹如音乐比赛的评审，默默地在心中评选出优胜者，甚至进一步给予婚姻和不愁吃穿的下半辈子作为奖励。音乐演奏的目的在经过层层解析与透视之后，我们终于知道这表面作为消遣之用的音乐欣赏，实际上是一方音乐角逐之地，为的就是博得众男士的注视和爱慕，从而觅得未来的长期饭票。因此在私人聚会上，父母亲莫不希望自己未婚的女儿有机会演奏 "*to obtain marriage partners*"[①]。音乐不只作为艺术欣赏之用，主要目的是在婚姻市场的买家前做自我推销，"余兴" 充其量只是一个包装漂亮的借口。

---

① William Weber, *Music and the Middle Class*, p. 36.

第二节　音乐作为情感的媒介

音乐余兴节目提供了女性展现音乐才华的舞台，作为听众的男性有时候不单是个欣赏者，还是个爱慕者。姑且不论这份爱慕是来自音乐才华的吸引还是其他，但是听众这个身份必然是怀有爱慕之心的男性最佳的掩护。在这样的场合中，男性可以完全不加掩饰地欣赏一位女性——她的音乐、她的风采，当然也包括了她的容貌。例如 *Pride and Prejudice* 中的 Mr. Darcy 在 Elizabeth 弹琴时 "*stationed himself so as to command a full view of the fair performer's countenance*"①，*Sense and Sensibility* 则提供了另一个特殊的例证：

> *Colonel Brandon alone, of all the party, heard her [Marianne] without being in raptures. He paid her only the compliment of attention; and she felt a respect for him on the occasion, which the others had reasonably forfeited by their shameless want of taste. His pleasure in music, though it amounted not to that ecstatic delight which alone could sympathize with her own, was estimable when contrasted against the horrible insensibility of the others [...]*②

Colonel Brandon 之所以获得 Marianne 的注意，并非他对 Marianne 演出的大力赞赏，相反地，就是因为他的态度恰如其分才获得 Marianne 的敬重，不像其他人为了显示自己的音乐品位而赞美得过度矫情。因此在这种场合中，男性虽说是欣赏者及爱慕者，但是身为演奏者的女性却也可以通过他们的反应来判断男性的音乐品位和性情。换言之，在这个女性看似处于被评论的情况之下，事实上女性并非总是被动地作为男性未来妻子的

---

① Jane Austen, *Pride and Prejudice*, p. 136.
② Jane Austen, *Sense and Sensibility*, pp. 33—34.

选项，她们也能够通过对方对她们的评论和态度来了解这些人，从而做出回应和选择。

音乐节目除了作为未婚男女间互相观察、欣赏的媒介，有时候还是爱情的催化剂。*Emma* 里 Frank Churchill 先后为 Emma 及 Jane Fairfax 的弹唱合音，"*They had sung together once or twice, it appeared, at Weymouth.*"①。简·奥斯汀一直到书末才揭示这两人之间的秘密婚约，而送钢琴给 Jane 的那位神秘赠送者正是 Frank。不论是两人唱歌时展现的默契，还是钢琴的音色、性能以及随钢琴一起送来的乐谱，都可以看出 Frank 不仅本身颇具音乐涵养，还对 Jane 的音乐爱好有相当程度的了解，而音乐在两人的恋情中必定扮演相当重要的角色。*Sense and Sensibility* 中的 Marianne 亦有情形类似但截然不同的处境：

> *She [Marianne] played over every favourite song that she had been used to play to Willoughby, every air in which their voices had been oftenest joined, and sat at the instrument gazing onevery line of music that he had written out for her [...]*②

Marianne 和 Willoughby 初识的时候，因为听到 Willoughby 宣称 "*of music and dancing he was passionately fond*"③，所以 Marianne "*gave him such a look of approbation*"④，之后便就着这两个话题相谈甚欢，他们还发现 "*their enjoyment of dancing and music was mutual. All that related to either*"⑤。此后的发展就如同读者想象的一般："*His society became gradually her most exquisite enjoyment. They read, they talked, they sang together; his musical talents were considerable [...]*"⑥。他们的感情建立在两人共同的兴趣之上，且也因着这个共同的兴趣而发展得更为迅速，无怪乎当 Willoughby 毫无预警地弃她而去后，Marianne 弹琴时

---

① Jane Austen, *Emma*, p. 172.
② Jane Austen, *Sense and Sensibility*, p. 81.
③ Ibid, p. 44.
④ Ibid.
⑤ Ibid, p. 45.
⑥ Ibid, p. 46.

会如此地触景伤情：

> After dinner, she [Marianne] would try her pianoforte. She went to it; but the music on which her eye first rested was an opera, procured for her by Willoughby, on tining some of their favourite duets, and bearing on its outward leaf her own name in his handwriting. That would not do. She shook her head, put the music aside, and, after running over the keys for a minute, complained of feebleness in her fingers, and closed the instrument again; declaring, however, with firmness as she did so, that she should in future practice much.[①]

简·奥斯汀通过 Emma 中秘密订婚的 Jane 和 Frank，以及 Sense and Sensibility 中失恋的 Marianne，为当时音乐和爱情的交集做了见证。这种音乐与男女爱情间的可能性，不论其真实发生的频率有多高，若单凭音乐史料是无法做出如此推测的，小说的"虚"在此弥补了音乐史在"实"方面的不足。

另一个特别的例子则是来自 Persuasion。小说中的男女主角 Anne Elliot 和 Captain Wentworth 在多年后重逢，两人从尴尬到重新了解彼此心意，最重要的转折要归功于他们两人参加的一场音乐会。在这场音乐会中，Anne 的另一位追求者 Mr. Elliot 不断地向 Anne 请教有关音乐的问题，Captain Wentworth 看了感到愤怒，继而提前离开。Anne 知道 Captain Wentworth 相当喜爱音乐，会让他不愿留下来欣赏音乐的原因只有一个——他的情感受到了打击，他不愿继续留下承受煎熬。在这个音乐场景里，Anne 巧妙地利用音乐会迫使 Captain Wentworth 面对自己的情感，音乐会乍看之下似乎只是一个工具，然而其实际上的意义却不只如此。音乐是 Anne 和 Captain Wentworth 共同的兴趣，即便读者不知道十年前这两人是如何相知相惜并订下婚约的，但根据两人十年后在音乐方面的互动——不论是私人聚会还是音乐会——读者都可以想象得到在他们年轻时的那段恋情中，音乐必定占有一席之地，这也是为何后来他们总是通

[①] Ibid, p. 335.

过和音乐相关的场合来观察彼此的心意，以及为何一场音乐会就足以让两人从平淡的关系迅速变成情侣。如果音乐在彼此之间没有占据足够的分量，那么其作用和影响便不会如此显著。

前述已经提及，女性演奏音乐时（不论是担任独奏还是伴奏）是男性对其进行观察、进而产生好感的最佳时机之一。所以 Mrs. Weston 才会认为 Mr. Knightley 很有可能因为赞赏 Jane Fairfax 的音乐才华而对她有好感，而当 Emma 听到 Mrs. Weston 做的揣测，再加上亲眼看到 Mr. Knightley 专注聆听的神情，她也不禁 "*fell into a train of thinking on the subject of Mrs. Weston's suspicions*"[①]。

身为演奏者的女性并不是处于完全不知情的状况下，相反地，音乐也提供给女性一个很好的掩护，让她们去观察对方对自己的态度和感情。例如 *Persuasion* 中的 Anne 和初恋情人 Captain Wentworth 在十年后首度重逢，两人都感到尴尬不自在，想试探对方的情感但又不便直接询问，所以 Anne 在舞会上弹伴奏时，心思不在钢琴上，反而在留意 Captain Wentworth 和他舞伴之间的谈话。当然她也注意到，"*he was looking at herself, observing her altered features, perhaps, trying to trace in them the ruins of the face which had once charmed him*"[②]，两人就在音乐和舞蹈的掩护之下，默默观察许久未见的彼此。

音乐，让彼此不认识的男女有机会互相观察，也让彼此已经认识的男女能够借此揣测对方的心意。在不一样的相知程度上，音乐也扮演着不一样的角色。因此同样是晚宴上的饭后消遣，男女双方在初次见面和几次见面之后的情谊已不相同，音乐也就显示出不同的作用，一开始是作为彼此初步了解的第一印象，几次之后就会成为双方重要的观察媒介，而这正是感情得以建立的基础。

简·奥斯汀让笔下的女主角拥有音乐才华，但她并未让所有男主角都具备相对欣赏音乐的能力，这或许是反映部分的史实，抑或是简·奥斯汀的别有用心。*Emma* 中的 Frank Churchill 和 *Persuasion* 中的 Captain Wentworth，或许 *Sense and Sensibility* 中的 Colonel Brandon 也勉强算上，他们都是这些别具音乐才华的女主角的知音，他们和女主角们一样喜

[①] Jane Austen, *Emma*, p. 172.
[②] Jane Austen, *Persuasion*, p. 71.

爱音乐，他们对音乐才华的重视更甚其他男性，他们不只欣赏，还和女主角们一起分享这个兴趣。音乐让他们相知相惜，也让他们心灵的契合更胜其他伴侣，诚如 Miriam F. Hart 所言，"*Austen provides a consistent musical clue as to whom her musicians will marry: she allows each towed the most honestly attentive listener in her limited audience.*"①。在简·奥斯汀所有的小说中，*Emma* 中的 Frank Churchill 和 Jane Fairfax 是音乐性最强的一对恋人，音乐让他们聚首，他们恋情的发展和音乐紧密相关。事实上，如果 Emma 能够保持敏锐，而不是被受到追求的虚荣心所蒙蔽，她应该可以察觉 Frank 对 Jane 的了解超乎普通朋友的情谊，特别是他和 Jane 合唱的那个场景，明显体现两人的默契不凡，其交情绝对比他对 Emma 宣称的还深。另外，Frank Churchill 故意说 Jane Fairfax 所收到的那架钢琴是 "an offering of love"②，这句话其实给了 Emma 极大的暗示：礼物就是礼物，为什么 Frank 偏偏要说那是个"爱的礼物"？除非他了解赠送者的心意，又或者他就是那个神秘礼物的头主。不止 Emma，读者在最后恍然大悟之际，回头看 Frank 说过关于 Jane 的每一句评论，就会发现那些看似客观的话语其实是为了掩饰他自己的不客观，为的就是避免其他人对他们两人的关系起疑。当 Emma 称赞 Jane 长得很漂亮的时候，Frank 虽然同意，但表现出一副不置可否的样子③；之后 Emma 又问他 Jane 长得如何，他便回答 "*very ill*"④，批评她面色苍白，看起来病恹恹的。诸如此类的态度也出现在 Frank 对 Jane 演奏的评价上，他在听过 Jane 的演奏之后，故意问 Emma 认为 Jane 的演奏如何，他说：

> "*I wanted the opinion of someone who could really judge. She appeared to me to play well, that is, with considerable taste, but I know nothing of the matter myself. — I am excessively fond of music, but without the smallest skill or right of judging of anybody's performance. —I have been used to*

---

① Miriam F. Hart, *Hardly an Innocent Diversion: Music in the Life and Writings of Jane Austen*, p. 190.
② Jane Austen, *Emma*, p. 165.
③ Ibid, p. 147.
④ Ibid, p. 150.

第六章 简·奥斯汀小说中的音乐场景及功能

*hear her's admired; and I remember one proof of her being thought to play well: a man, a very musical man, and in love with another woman—engaged to her—on the point of marriage—would yet never ask that other woman to sit down to the instrument, if the lady in question could sit down instead—never seemed to like to hear one if he could hear the other. That, I thought, in a man of known musical talent, was some proof."*①

Frank 故意借用他人的评价来赞美 Jane，并装作自己听不出 Jane 的音乐才华到底好到什么程度，然而事实却是他就是那个最了解也最欣赏 Jane 的人。读者如果在得知两人的爱情之后再重新思考 Frank 的这段话，便不难猜出 Frank 并非真的想要知道别人对 Jane 的看法——他根本不需要别人的看法，他只是想听到自己的心上人受人称赞。简·奥斯汀 *Emma* 一作的独特之处，就在于读者只要重读一次，便会发现所有的事实都是假象，而真相其实就藏在 Frank 的谎言之下。Frank 评论 Jane 的新钢琴时所说的一席话，就是个很好的例子：

*"Whoever Col. Campbell might employ," said Frank Churchill, with a smile at Emma, "the person has not chosen ill. I heard a good deal of Col. Campbell's taste at Weymouth; and the softness of the upper notes I am sure is exactly what he and all that party would particularly prize. I dare say, Miss Fairfax, that he either gave his friend very minute directions, or wrote to Broadwood himself. Do not you think so?"*②

Frank 因为了解和欣赏 Jane 的音乐才华，且惋惜她空有才情却没有自己的乐器，所以才会送给她钢琴，而且是和她技术相得益彰的 Broadwood 钢琴。Frank 在评论这架钢琴的时候掩藏不住心里的满意和得意，他有相

---

① Ibid, p. 152.
② Ibid, p. 182.

当高的音乐素养，因此他知道怎样的钢琴才能和 Jane 的技术匹配，这也说明了，这架钢琴不只是他送的，而且是他亲自去挑选的。心思细腻的读者再次阅读 *Emma* 时或许就会注意到，Frank 多次说要来 Highbury 探望父亲，从未付诸行动，然而在 Jane Fairfax 来到 Highbury 后没几天，他就回来探亲了。另外，他到 Highbury 没几天，就大费周章地跑到伦敦 "*to have his hair cut*"①。他回来之后的神情自在，"*without seeming really at all ashamed of what he had done*"②，而巧合的是，钢琴就是在他从伦敦回来之后送到 Miss Bates 家的。Frank 从头到尾的目的都不是真实的目的：他不是想回来探望父亲，他是想见到 Jane；他不是为了剪头发而去伦敦，他是去为 Jane 挑选钢琴。

为了确定钢琴的大小不会失误，Frank 还特意先去 Miss Bates 家拜访，实地观察一番。他的细心不只如此，他想到 Highbury 这种乡下地方不容易获得乐谱，所以乐谱也随着钢琴一起送来了。Frank 故意当着 Emma 和 Jane 两人的面称赞送琴的 Col. Campbell 很体贴，"*it shews it to have been so thoroughly from the heart. Nothing hastily done; nothing incomplete*"③，末了还意有所指地说 "*True affection only could have prompted it.*"④。从 Jane 收到钢琴之后，Frank 就故意把关于钢琴的一切全推到 Mr. Dixon 和 Campbell 夫妇身上，这个猜测表面上看起来合情合理，但为的其实是混淆众人的视听，简·奥斯汀也运用了虚实正反两面的手法——越似真的，越是假的。所以 Col. Campbell 这个名字对 Emma 和 Jane 而言是两个完全不同的影射，Emma 觉得 Frank 在影射 Mr. Dixon，但 Jane 却知道 Frank 说的就是他自己。Jane 完全了解 Frank 对她的用心，所以她也没辜负 Frank 的心意，钢琴在她的指尖下性能被完全发挥：

> At last Jane began, and though the first bars were feebly given, the powers of the instrument were gradually done full justice to. [...] and the pianoforté, with every proper discrimination, was

---

① Ibid, p. 154.
② Ibid, p. 160.
③ Ibid, p. 183.
④ Ibid.

第六章 简·奥斯汀小说中的音乐场景及功能

*pronounced to be altogether of the highest promise.*①

同样被女性的音乐才情所吸引，*Mansfield Park* 中的 Edmund 则是拜倒在 Mary 的石榴裙下，只是 Mary 演奏的不是钢琴，而是竖琴："*The harp arrived, and rather added to her beauty, wit, and good-humour; for she played with the greatest obligingness, with an expression and taste which were peculiarly becoming, and there was something clever to be said at the close of every air.*"② Edmund 几乎天天往牧师府上跑，为的是听心仪的女子演奏他最喜欢的乐器，读者不难想象这个情景："*A young woman, pretty, lively, with a harp as elegant as herself, and both placed near a window, cut down to the ground, and opening on a little lawn, surrounded by shrubs in the rich foliage of summer.*"③ 如此赏心悦目的画面，"*was enough to catch any man's heart*"④。Edmund 对 Mary 的迷恋越来越深，而完全没有音乐才华的 Fanny 表妹就被他冷落在一旁了。

简·奥斯汀并没有用钢琴和竖琴做对男性吸引力的比较，她使用的例子更为极端：一位善于演奏竖琴的女性（Mary），和一位完全没有音乐才华的女性（Fanny）；一个在视觉和听觉上极其迷人，另一个却没有任何展示自我的机会。Mary 夺取 Edmund 的心是轻而易举的，而 Fanny 则是处于未战先败的完全劣势。竖琴在这里先是作为一种手段，帮助 Mary 获得了 Edmund 的注意，后来则是成为一个媒介，让两人有更多见面和相处的机会。音乐是女性所设下的美丽的陷阱，女性对于音乐造就的吸引力不可能不知道，相反地，正是因为知道音乐对男性的吸引力，所以才会善加运用，才更容易吸引意中人。

音乐，不只是美丽的陷阱，它能传达语言无法传达之意，形成另一种情感的沟通，例如，在 *Emma* 中，Frank 和 Jane 之间便是通过乐曲来表达情意的：

---

① Ibid, p. 182.
② Jane Austen, *Mansfield Park*, p. 65.
③ Ibid.
④ Ibid.

> [...] he [Frank] went to the pianoforté, and begged Miss Fairfax, who was still sitting at it, to play something more. [...]
>
> She played.
>
> "What felicity it is to hear a tune again which has made one happy! —If I mistake not that was danced at Weymouth."
>
> She looked up at him for a moment, coloured deeply, and played something else.①

那首曾经在 Weymouth 跳过的舞曲,是一首别具意义的乐曲,然而曲子的弦外之音只有他们两个人能意会:乐曲唤起了 Frank 的回忆,也替 Jane 传达了无法在众人面前明说的感情。这是一种有声当中无声的宣告,论形式是公布于众人之前,论其意义却只有这两人心知肚明。Jane 如此善于弹钢琴,手边绝对有许多乐曲可以弹奏,但却偏偏在这个时刻选了一首代表他们两人甜美回忆的乐曲,Jane 的举动不是偶然,相反地,这是她对 Frank 行为的一种回应:虽然众人对钢琴的赠送者有诸多揣测,但她知道钢琴是他送的。乐曲在这里就像是暗号一般,通晓暗号的人才知道其中的意义。

在这首乐曲过后,Jane 又弹起另一首歌曲,Frank 听到了故意对 Emma 说:"She is playing Robin Adair at this moment—his favourite."② 简·奥斯汀在书中只提及了曲名,显然她认为读者和她一样,熟知这首歌曲的歌词和旋律:

> What's this dull town to me? Robin's not near;
> What was't I wish'd to see? What wish'd to hear?

---

① Jane Austen, *Emma*, p. 183.
② Ibid, p. 184.

第六章　简·奥斯汀小说中的音乐场景及功能

　　Where all the joy and mirth, made this town heav'n on earth,
　　O they're all fled wi' thee, Robin Adair.
　　What made th' assembly shine? Robin Adair.
　　What made the ball so fine? Robin was there.
　　What, when the play was o'er, what made my heart so sore?
　　O it was parting with Robin Adair.
　　But now thou'rt cold to me, Robin Adair.
　　But now thou'rt cold to me, Robin Adair.
　　Yet he I lov'd so well, still in my heart shall dwell,
　　O I can ne'er forget, Robin Adair.[1]

　　Robin Adair 的旋律来自爱尔兰（见下面【谱例二】），创作时间大约可追溯至 18 世纪初；歌词部分则是 Lady Caroline Keppel 在 18 世纪 50 年代早期所写下的，内容在讲述她自己和情人 Robin Adair 之间无法公开的恋情，他们两人直到 1758 年才获得允许结为连理[2]。*Robin Adair* 一曲在简·奥斯汀的时代是家喻户晓的歌曲，Lady Caroline Keppel 创作的典故也有可能随着乐曲广为流传，所以简·奥斯汀选择让 Jane 以这首乐曲来表达她想对 Frank 说的话，同时也借用歌曲的典故来暗示两人之间的秘密恋情。对当时的读者而言，这是他们熟悉的歌曲，他们能够立刻领会简·奥斯汀的用意，但对于现在的读者而言，因为不了解歌词，所以无法理解这对恋人的音乐交流，很容易错失此处的弦外之音。

　　【谱例二】*Robin Adair*（翻拍自 Patrick Piggott 所写的 *The Innocent Diversion: Music in the Life and Writings of Jane Austen*，135 页。）

---

[1] Kathryn L. Shanks Libin, "Music, Character, and Social Standing in Jane Austen's *Emma*", *Persuasions: The Jane Austen Journal* 22 (2000): 15—30.
[2] Ibid.

第三节　音乐作为话题

钢琴及音乐作为当时生活的一部分，除了具体的弹奏演唱，还常常是朋友间或聚会时谈论的话题。譬如 *Emma* 中的 Mr. Knightley 就向 Emma 赞赏前一天晚上 Emma 和 Jane 两人的表演："You and Miss Fairfax gave us some very good music. I do not know a more luxurious state, sir, than sitting at one's ease to be entertained a whole evening by two such young women; sometimes with music and sometimes with conversation [...]"① 以 Mr. Knightley 身为男性的立场,欣赏两位女性的音乐演出乃是赏心悦目之事,两人技艺的高低不是他关心的重点。这两人在另外一场宴会上的演出,由另一位不懂音乐的 Harriet 提起话头,立刻就让读者理解了她和其他人的音乐素养差距有多大:

"Oh! if I could but play as well as you and Miss Fairfax!"

"Don't class us together, Harriet. My playing is no more like her's, than a lamp is like sunshine."

"Oh! dear—I think you play the best of the two. I think you play quite as well as she does. I am sure I had much rather hear you. Everybody last night said how well you played."

"Those who knew anything about it, must have felt the difference. The truth is, Harriet, that my playing is just good enough to be praised, but Jane Fairfax's is much beyond it."②

同样也是 Emma 一作,Emma 在 Mrs. Elton 来拜访的时候刻意将话题转移到音乐上,Mrs. Elton 利用机会把自己对音乐的爱好自吹自擂了一番:

" [...] I am doatingly fond of music—passionately fond; [...] it has been the greatest satisfaction, comfort, and delight to me, to hear what a musical society I am got into. I absolutely cannot do without music. It is a necessary of life to me; [...] I do not think I can live without something of a musical society. I condition for nothing else; but without music, life would be a blank for me."③

---

① Jane Austen, *Emma*, p. 128.
② Ibid, pp. 174—175.
③ Ibid, pp. 208—209.

Pride and Prejudice 中的 Lady Catherine 对音乐热爱的程度也和 Mrs. Elton 不相上下,她听见外甥在谈论音乐的时候是如此的反应:

> "*Of music! Then pray speak aloud. It is of all subjects my delight. I must have my share in the conversation, if you are speaking of music. There are few people in England, I suppose, who have more true enjoyment of music than myself, or a better natural taste. If I had ever learnt, I should have been a great proficient.* [...] "①

另外,当某位女性在音乐方面特别有才华时,其他人在提及她时必然会提及这项专长,换言之,这样的人物特别具有音乐的话题性。*Pride and Prejudice* 中的 Georgiana Darcy 就是这样一个角色,Miss Bingley 在提到 Georgiana 的时候就称赞 "*Her performance on the pianoforte is exquisite.*"②。Lady Catherine 在谈论到音乐的时候也不忘向 Mr. Darcy 问起 Georgiana 的学习近况,还要他转告妹妹 "*she cannot expect to excel, if she does not practise a great deal*" ③。类似的例子自然也出现在音乐性最为强烈的 *Emma* 中,音乐才华突出的 Jane Fairfax 经常是书中角色谈论的话题,例如,Frank 在对 Emma 谈及 Jane 的才华时,就说他 "*have been used to hear her's admired*"④,这句话说明 Jane 不只是 Frank 和 Emma 话题的焦点,她也经常是众人谈论称美的主角,之后 Mrs. Elton 与 Emma 的一番谈话也证实了 Frank 的说辞:

> "*Jane Fairfax is absolutely charming,* [...] *So mild and lady-like—and with such talents! —I assure you I think she has very extraordinary talents. I do not scruple to say that she plays extremely well. I know enough of music to speak decidedly on that point.* [...] "⑤

---

① Jane Austen, *Pride and Prejudice*, p. 135.
② Ibid, p. 32.
③ Ibid, p. 135.
④ Jane Austen, *Emma*, p. 152.
⑤ Ibid, p. 213.

第六章　简·奥斯汀小说中的音乐场景及功能

音乐成为当时的日常话题以及关注焦点的例子，在简·奥斯汀的小说里不难发现，简·奥斯汀介绍她的女性人物的时候也总要刻意提起，由此可见当时音乐和女性之间的密切关联性。*Mansfield Park* 中的 Mary Crawford 在向 Fanny 问起 Owen 家的小姐时，第一个问题就是"*Are they musical?*"①。

熟悉简·奥斯汀的读者对这个问题一定不会感到陌生，在 *Pride and Prejudice* 中，Lady Catherine 在评论完财产继承的话题之后，问 Elizabeth 的第一个问题便是"*Do you play and sing, Miss Bennet?*"②，当 Elizabeth 给予肯定的回答之后，Lady Catherine 的第二个问题便是"*Do your sisters play and sing?*"③。一位女性对于她所不了解的女性，最先想要了解的问题不是她的家世、她的年纪或是她的外貌，而是这位女性是否具备音乐才华，这样的发问表明两种不同层面的事实：一是当时女性具备音乐才华是司空见惯之事，二是文化和艺术涵养是这些发问的女性最在意的话题。虽然这种关切可能为真，但更有可能的是，她们其实是利用这个问题来彰显自身对文化和艺术的重视，从而在获得答案之前，先凸显自己的文化艺术涵养，获得答案之后则见机批评指教。所以答案并不是重点，问题本身才是玄机所在。

当了解发问者提问的真正动机之后，Lady Catherine 对 Elizabeth 的演奏所做的评论更加体现了这个目的：她先是称赞 Elizabeth "*has a very good notion of fingering*"④，但话锋一转，又说"*though her taste is not equal to Anne's*"⑤，于是读者便明白，那句称赞并不是多么真诚，只不过是导出其后句子的转折罢了。而这个句子有着更重要的目的，便是告诉读者她的女儿 Anne "*would have been a delightful performer, had her health allowed her to learn*"⑥。

尽管 Lady Catherine 对于女儿不善于弹钢琴给了合理的解释，然而以

---

① Jane Austen, *Mansfield Park*, pp. 292—293.
② Jane Austen, *Pride and Prejudice*, p. 129.
③ Ibid.
④ Ibid., p. 138.
⑤ Ibid.
⑥ Ibid.

她自负又目中无人的态度来判断她的这番话，其真实性极为可疑。究竟是身体太过于羸弱以至于无法弹琴，还是这只是用来掩饰音乐造诣不佳的借口？这方面的猜想便交由读者自行理解揣测。但可以肯定的是，读者对于 Lady Catherine 的音乐素养到目前为止已经相当了解，她自身的音乐程度仅止于"*If I had ever learnt*"①，她的女儿受限于健康，也高超不到哪里去，她对两者的夸耀充其量只是嘴上空谈罢了，然而她却"*continued her remarks on Elizabeth's performance, mixing with them many instructions on execution and taste*"②，这种言谈说班门弄斧虽然有些夸张，但在某种程度上她确实是因炫耀而显得肤浅，因装懂而显得无知。

第四节　音乐的其他功能

音乐除了前面三节所陈述的几点主要功能，还有一些次要的功能。为了行文的流畅，笔者将这些较为次要的功能放在同一节里，用小段落分别论述。

音乐作为家庭的自我消遣

音乐除了作为宴会后的娱乐节目，还经常在小型的家庭聚会中扮演缓和气氛或消除烦忧的角色。例如，在 *Mansfield Park* 中，Sir Thomas 从海外回国之后，"*The evening passed with external smoothness, […] and the music which Sir Thomas called for from his daughters helped to conceal the want of real harmony*"③。又例如在 *Persuasion* 一书里，Musgrove Lousia 说 "*Papa and mamma are out of spirits this evening, especially mamma […] And we agreed it would be best to have the harp, for it seems to amuse her more than the pianoforte*"④，可见家中乐音飘扬，对活跃家庭气氛确实有所帮助——至少当时的人是如此认为的。除了

---

① Ibid, p. 135.
② Ibid, p. 138.
③ Jane Austen, *Mansfield Park*, p. 193.
④ Jane Austen, *Persuasion*, p. 48.

增进家庭气氛，音乐活动也是增进平日生活情趣的方式之一：

> When that business was over, he [Mr. Darcy] applied to Miss Bingley and Elizabeth for the indulgence of some music [...]
> Mrs. Hurst sang with her sister, and while they thus employed, Elizabeth could not help observing, as she turned over some music books that lay on the instrument, how frequently Mr. Darcy's eyes were fixed on her [...][1]

当然，音乐不仅能够让父母忘忧、打发时间，还能增添生活情趣，也是郁闷时忘却烦恼的最佳选择，像 Sense and Sensibility 中的 Marianne，她在情伤时便是坐在钢琴前 "played over every favourite song that she had seen used to play to Willoughby"[2]。Pride and Prejudice 中则有一个较为讽刺的例子：当 Mr. Bingley 为了 Miss Bennet 的病情感到着急的时候，虽然他的姐妹也声称她们十分担忧，但是她们却 "solaced their wretchedness, however, by duets after supper"[3]。

音乐作为家庭教师的必备条件

有些人弹琴是因为自身的爱好，有些人则是为了展现家庭教养，然而有些人——例如 Emma 中的 Jane Fairfax——则是出自现实的无奈。毫无音乐素养的 Harriet Smith 在跟 Emma 谈论 Jane 的演奏时，不仅分不出 Emma 和 Jane 两人的高下，她还说 "If she does play so very well, you know, it is no more than she is obliged to do, because she will have to teach."[4]。此处的 "teach" 是指作为一名家庭教师，而 Harriet 的态度则表明她认为弹琴是一名家庭教师的必备条件。Jane 的身世可怜，虽然好心的 Campbell 夫妇收养了她并且让她接受良好的教育，但是她未来还是必须自己赚钱养活自己，而最适合她的工作就是家庭教师。当时的英国还没

---

[1] Jane Austen, *Pride and Prejudice*, p. 42.
[2] Jane Austen, *Sense and Sensibility*, p. 81.
[3] Jane Austen, *Pride and Prejudice*, p. 34.
[4] Jane Austen, *Emma*, p. 175.

有制度化的教育体系，只有私人兴办的学校，像 *Emma* 中的 Harriet Smith 就是因就读于 Highbury 的寄宿学校而与 Emma 相识的。除了私立学校，受教育的另一个途径就是聘请家庭教师。家庭教师因为要负责学生的通科教育，所以必须具备多种知识，音乐自然也包括在内，良好的钢琴演奏能力也就成为这个职业的必要条件之一。简·奥斯汀笔下最具代表性的家庭教师莫过于 *Emma* 中的 Miss Taylor，她在 Emma 家担任家庭教师长达 16 年之久，直到她嫁给 Mr. Weston 才终止。

音乐作为舞会伴奏

钢琴普及后，晚餐后的音乐余兴节目变成了晚宴的固定流程，而接在音乐表演之后的舞会，也必须依赖钢琴来提供舞曲伴奏。例如 *Pride and Prejudice* 中的 Mary Bennet，"*at the end of along concerto, was glad to purchase praise and gratitude by Scotch and Irish airs, at the request of her younger sisters, who, with some of the Lucases, and two or three officers, joined eagerly in dancing at one end of the room*"①。又譬如在 *Emma* 中，Cole 家的宾客们在欣赏过音乐之后，迅速地清空场地，"*Mrs. Weston, capital in her country-dances, was seated, and beginning an irresistible waltz*"②。

宴会中的舞会是未婚男女接触的最佳时机，在场上翩翩起舞的多是未婚的年轻人，故舞会的钢琴伴奏多由已婚女性来担任，例如 *Emma* 中的 Mrs. Weston，在 Emma 和 Frank 两人筹划舞会时，就表达了她"*most willingly undertook to play as long as they could wish to dance*"③。由已婚女性担任舞会伴奏，将跳舞的机会留给未婚女性是约定成俗的，但偶有例外：*Pride and Prejudice* 里的 Mary Bennet，"*being the only plain one in the family*"④，可能就是因为容貌不出色，没有人请她当舞伴，她只好成人之美，以钢琴伴奏为舞会助兴，并且借此展现她的音乐才华。*Persuasion* 里的 Anne Elliot 的情形则又不同，她并非因为相貌不佳找不到舞伴，她是出于某些原因而自愿放弃跳舞来为大家伴奏：

---

① Jane Austen, *Pride and Prejudice*, p. 22.
② Jane Austen, *Emma*, p. 173.
③ Ibid, p. 187.
④ Jane Austen, *Pride and Prejudice*, p. 21.

第六章　简·奥斯汀小说中的音乐场景及功能

> *The evening ended with dancing. On its being proposed, Anne offered her services, as usual; and though her eyes would sometimes fill with tears as she sat at the instrument, she was extremely glad to be employed, and desired nothing in return but to be unobserved.*①

在这个舞会场景里，Anne 凭借弹奏钢琴，不动声色地竖耳旁听 Captain Wentworth 和舞伴交谈时是否提起了她：

> *[...] she knew that he must have spoken of her: she was hardly aware of it till she heard the answer; but then she was sure of his having asked his partner whether Miss Elliot never danced? The answer was, "Oh! no, never; she has quite given up dancing. She had rather play. She is never tired of playing."*②

此处 Captain Wentworth 提出的问题令人深思，因为他和 Anne 两人多年前曾经有过一段感情，在那段时间里，他们必定在舞会上共舞过，或许当初就像 *Pride and Prejudice* 里的 Jane Bennet 和 Mr. Bingley 一样，因为跳舞拉近了彼此的距离而产生情愫。既然 Captain Wentworth 曾经和 Anne 共舞过，为何又要明知故问？很明显，Captain Wentworth 想知道的并非 Anne 是否从不跳舞，而是她是否不再跳舞。这个情形就和 *Sense and Sensibility* 里的 Marianne Dashwood 一样，她因为触景伤情而不想弹琴，Anne 因为不想回忆两人共舞的过去，所以自愿选择弹琴。钢琴对 Anne 和 Marianne 两人而言其实是一个避风港，Marianne 逃避的是现实中她不想参与的社交活动，Anne 则是逃避过去，逃避她不想再想起的回忆。

---

① Jane Austen, *Persuasion*, p. 70.
② Ibid, p. 71.

女性弹琴为舞会伴奏，这个事实由简·奥斯汀自己来证明是再恰当不过的。

她曾经在一封写给姐姐卡珊德拉的信上，提到她拥有新钢琴之后，"*will practise country dances*"（Dec. 27, 1808），以便为外甥和外甥女的来访提供一些娱乐。将简·奥斯汀的小说和她自己的生活拿来相对照，更能证实小说中的虚并非无中生有，而是来自作者本身的生活经历。

音乐、婚姻与金钱

第四章已经讨论过，乐器——不论是钢琴还是竖琴——都是用来展现财富和地位的工具，而演奏音乐则是展现教养和吸引男性的手段。但不管钢琴是作为展现的工具还是一种手段，两者都有一个目标，而且在目标达成之后，前述的工具和手段就自动丧失意义，这个目标很明确，就是获得婚姻。此章的第一节里已经通过正面举例来说明未婚女性对音乐的态度和行为，在此，则是利用反面举例，利用女性婚前和婚后对音乐的不同态度，来对比、说明这些女性对音乐才华真正的想法。

在简·奥斯汀的小说中，这种态度两极化的例子有两个。一是 *Emma* 中的新嫁娘 Mrs. Elton，她在向 Emma 描述她的婚后生活时说，她因为过于忙碌，所以 "*have not played a bar this fortnight*"[①]。然而，读者绝不会忘记她和 Emma 初次见面时说的那席话——她说自己 "*doatingly fond of music—passionately fond*"[②]，甚至还提议要和 Emma 一起成立一个 "*musical club*"[③]，结果她自己却如同她先前所听闻的那些已婚女性一样，"*but too apt to give up music*"[④]。无独有偶，*Sense and Sensibility* 中 Lady Middleton 的母亲说她的女儿 "*had played extremely well, and by her own was very fond of it*"[⑤]，然而 Lady Middleton 婚后却是 "*had celebrated that event by giving up music*"[⑥]，那些她在嫁进来时带过来的乐

---

① Jane Austen, *Emma*, p. 345.
② Ibid, p. 208.
③ Ibid, p. 209.
④ Ibid.
⑤ Jane Austen, *Sense and Sensibility*, p. 33.
⑥ Ibid.

谱 "*perhaps had lain ever since in the same position on the pianoforte*"①。

如果 Lady Middleton 诚如她自己宣称的那么热爱音乐，她没有道理要放弃；曾经做出同样宣称的 Mrs. Elton，明明家里的各项琐事都有管家和用人打点，生活怎么可能如她所说的忙碌不堪，以至于两个星期都没碰琴？简·奥斯汀在这里用反证的方式，把当时部分女性热爱音乐的真正心态给点破：这些热爱只是故作姿态，用以获得"长期饭票"，一旦目的达成，她们对音乐的热情随时都可以熄灭。Emma 则是一个特例：

> She [Emma] had always wanted to do everything, and had made more progress both in drawing and music than many might have done with so little labour as she would ever submit to. She played and sang; —and drew in almost every style; but steadiness had always been wanting; and in nothing had she approached the degree of excellence which she would have been glad to command, and ought not to have failed of. She was not much deceived as to her own skill either as an artist or a musician, but she was not unwilling to have others deceived, or sorry to know her reputation for accomplishment often higher than it deserved.②

如果才艺是女性除容貌之外能够捕获对象的另一个利器，那么为何其他人汲汲营营，Emma 却不当一回事？先前已经提及，当时的女性必须步入婚姻，是因为她们若没有财产，就必须工作，但工作又会使她们的社会地位下降（靠劳力赚钱维生，有失其原本的身份地位），所以最好的方式就是找到"长期饭票"，但 Emma 是一个例外。她在金钱方面不匮乏，即便不结婚，她的生活水平也能和那些已婚的妇女一样，所以当 Harriet 担心 Emma 不结婚，会变成和 Miss Bates 一样时，Emma 回答她：

---

① Ibid.
② Jane Austen, *Emma*, p. 35.

> "Nevermind, Harriet, I shall not be a poor old maid; and it is poverty only which makes celibacy contemptible to a generous public! A single woman, with a very narrow income, must be a ridiculous, disagreeable, old maid! the proper sport of boys and girls, but a single woman, of good fortune, is always respectable, and maybe as sensible and pleasant as anybody else. [...]"①

Harriet 又问她，她年老的时候怎么办。Emma 答道："Woman's usual occupations of hand and mind will be as open to me then as they are now; or with no important variation. If I draw less, I shall read more; if I give up music, I shall take to carpet-work."② Emma 的一席话不仅让读者对已婚妇女的生活略知一二，还表达出当时的女性之所以对婚姻一事感到焦虑，往往是出于对金钱这个现实的无奈。简·奥斯汀在 Pride and Prejudice 中通过 Miss Lucas 表达了许多女性对婚姻的心态：

> Without thinking highly either of menor of matrimony, marriage had always been her [Miss Lucas] object; it was the only honourable provision for well-educated young women of small fortune, and however uncertain of giving happiness, must be their pleasantest preservative from want. This preservative she had now obtained; and at the age of twenty-seven, without having ever been handsome, she felt all the good luck of it.③

音乐才华、婚姻和金钱，这三者环环相扣：有人通过音乐才华获得婚

---

① Ibid, p. 67.
② Ibid.
③ Jane Austen, *Pride and Prejudice*, pp. 98—99.

姻，如 Jane Fairfax；有人通过音乐才华赚取金钱，如 Miss Taylor；有人通过婚姻获得金钱，如 Miss Lucas；也有人对金钱和婚姻皆无所求，所以不认真看待音乐才华，如 Emma。不同的身家背景和不同的需求，让这些女性的音乐才华有很大的差异，简·奥斯汀通过她们勾勒出女性步入婚姻的模式，也清楚表达了那个时代里的价值观。简·奥斯汀写作的题材来自她自己的生活经验，她的小说犹如镜子，反映了她所生活的世界，镜中人不是只有简·奥斯汀自己，生活在她小小世界中的人，也都被她写进去并反射出来。何谓虚，又何谓实？对简·奥斯汀而言，或许虚就是实。

第七章

结　语

　　从简·奥斯汀的生平到当时的音乐历史，再从音乐历史回到简·奥斯汀小说中的音乐场景，以不同的角度观看同一时代，的确看到了不同的历史景象。从简·奥斯汀的生平，我们看到那个时代里，一位女性音乐爱好者的书信、藏谱和音乐生活；但若以她作为广大族群中的一例，我们便看见一群女性音乐爱好者。她们跟简·奥斯汀一样热爱音乐；她们经常坐在钢琴（或竖琴）前弹琴唱歌；她们亲手抄写乐谱，编辑她们的乐谱，和亲友分享这些乐谱；她们在书信里会提到自己最近去听的音乐会，对于音乐她们有自己的想法。音乐是她们生活中不可或缺的一部分，这个爱好甚至可能持续一生之久，如同简·奥斯汀一样。

　　从研究者的角度来说，要研究某一个时代里真实的音乐情形，需要很多的史料，本书中，史料的来源就是简·奥斯汀的传记、书信、乐谱。研究音乐的历史，最棘手的问题莫过于多数的资料来源都是间接的，其中又以女性的历史为最。所谓音乐历史其实是男性音乐概况，男性在历史书写上的偏颇，使女性难有发声之地，甚至犹如隐形人般被忽略过去，所以 Jane Bowers 和 Judith Tick 在 *Women Making Music* 一书中提醒读者，"*the absence of women in standard musical histories is not due to their absence in the musical past*"[①]。但除了意识到音乐史书里的惰性性别歧视（*lazy sexism*），我们又该如何看待音乐历史的另外一面呢？幸好，还有简·奥斯汀。她在文学上的地位，以及其小说所受到的喜爱，使她的遗物多数都得到妥善的保存，所以今人才有机会一窥几百年前音乐生活的样貌。当然，以简·奥斯汀一人来推断当时所有人的音乐生活，这个资料来

---

① Jane Bowers and Judith Tick, *Women Making Music: The Western Art Tradition*, 1150—1950, p. 3.

第七章　结　语

源的基础过于薄弱，然而若只是将其视为全貌的一部分，以眼之所见去推测不为所见的部分，用以实见虚的方式去推测一群女性的音乐生活，那么简·奥斯汀的资料已足以构建真实的基础。

除了简·奥斯汀的生平，本书中另一个"实"的重点在于当时的音乐概况。英国奇特的音乐风气使男性和音乐保持距离，台面上的音乐演奏是外国音乐家的天下，台面下的音乐演奏则由女性担当，这个历史面貌和我们熟知的历史显然不一样。历史有其"实"的部分，也有其"虚"的部分，面对历史时我们必须再三检视，以判断这究竟是历史全貌还是只是片面之词。以简·奥斯汀所处的时代为例，一般音乐历史在陈述时，都只着重在伟大的音乐家，英国在此标准之下就显得乏善可陈，甚至被视为音乐的不毛之地，这样的陈述显然和历史的真实面貌相去甚远。英国的音乐生态和其人民对于音乐的态度有非常大的关系，男性轻视音乐的演奏，所以转向理论发展，与此同时，女性构成最大宗的演奏者，在家庭、私人聚会中展演。公众音乐会没有女性的舞台，音乐会的主角大部分来自国外；去参加音乐会的听众的目的通常不在于听音乐，赶流行、比品位还有社交，才是他们更重要的目的。简·奥斯汀的时代是钢琴开始普及的时代，是公众音乐会开始下探到中下阶层的时代，是音乐转型成为商业活动的时代——那个时代就是今日我们所处时代的雏形，两百年来，新的流行又起、又落，音乐未曾止息。

简·奥斯汀时代的音乐活动是我们能熟悉而理解的，然而当时音乐的功能则和现在相去甚远。比起今日，在相对保守的当时，音乐的相关活动是男女双方认识、了解彼此最常见的媒介。私人聚会上的演奏让女性有机会展示音乐才华，同时让男性拥有评判、挑选的权利；倘若音乐是双方的共同嗜好，那么一起弹琴唱歌无疑是为两人感情增温最正当的方式；音乐会让双方有机会坐下聊天，即便对音乐不感兴趣也不会觉得无聊。倘若抛开男女之情来谈论音乐，它作为最普遍的活动和最常见的才艺，是所有人之间的共同话题，此外它还兼具重要的实用性——它是舞会上不可或缺的角色，同时是家无恒产的女性必须依靠的谋生能力。只看音乐的历史，我们看到的是从彼时到今日，音乐活动长时间下来的演进轨迹，但通过小说，我们看到音乐对当时的人具有和今日完全不一样的功能和意义。如同 Miriam F. Hart 所说的，*"Music can bring to our reading, to search* [...]

for meaning, not proof."①，这正是分析、解读简·奥斯汀小说的重点所在。

虚与实可以两相对立，也可以相应而生。音乐的历史和小说，本质上是实虚对立，因为一个有历史史料为依据，一个则是小说家精心构思的世界。然而小说的意义不在于虚构，而在于凭借虚构去反映真实，因此简·奥斯汀的小说就像维梅尔的画，画里的一景一物其来有自。小说不仅是虚，还是虚与实两者的结合。音乐为何频繁地出现在简·奥斯汀的小说中？"*It [music] is there because it was there, in her world and in her life, in her thoughts and in her heart.*"② 简·奥斯汀对音乐的热爱和充分的认识，使音乐成为她笔下重要的题材和运用的元素。她在小说中对音乐场景的描述，时而写实，时而讽刺，有时候是两者兼具。她的写实见证历史，她的讽刺则是对时代现象提出的观点和看法。简·奥斯汀的乐谱、书信和小说，为研究者在女性的音乐实践层面提供详细、丰富且贯串一生的生动描述；她以一名女性音乐爱好者的身份见证了摄政时期真实的音乐历史，同时以作家的身份写下虚构的小说以及其中的音乐世界。虚实相互呼应，简·奥斯汀无疑是最佳例证。

---

① Miriam F. Hart, *Hardly an Innocent Diversion: Music in the Life and Writings of Jane Austen*, p. 222.

② Ibid, p. 219.

附 录

英文书名	中译书名	角色		身份	音乐才华
Sense and Sensibility（1811）	《理性与感性》	女性	Einor Dashwood	Dashwood 家的长女	
			Marianne Dashwood	Dashwood 家的次女	钢琴
		男性	John Willoughby	Marianne 的旧情人	唱歌
			Colonel Brandon	Marianne 的婚嫁对象	
Pride and Prejudice（1813）	《傲慢与偏见》	女性	Jane Bennet	Bennet 家的长女	
			Elizabeth Bennet	Bennet 家的次女	钢琴
			Mary Bennet	Bennet 家的三女	钢琴
			Charlotte Lucas	Elizabeth 的好友	
			Georgiana Darcy	Mr. Darcy 的妹妹	钢琴和竖琴
			Lady Catherine De Bourgh	Mr. Darcy 的姨妈	
			Caroline Bingley	Mr. Bingley 的妹妹	钢琴
			Louisa Hurst	Mr. Bingley 的姐姐	唱歌
		男性	Fitz William Darcy	Elizabeth 的婚嫁对象	
			Charles Bingley	Jane 的婚嫁对象	
			William Collins	Charlotte 的婚嫁对象	

续　表

英文书名	中译书名	角色		身份	音乐才华
Mansfield Park (1814)	《曼斯菲尔庄园》	女性	Fanny Price	Bertram 家的表亲	
			Maria Bertram	Bertram 家的长女	钢琴
			Julia Bertram	Bertram 家的次女	
			Mary Crawford	牧师府上的客人	竖琴
		男性	Tom Bertram	Bertram 家的长子	
			Edmund Bertram	Bertram 家的次子	
Emma (1816)	《爱玛》	女性	Emma Woodhouse	Woodhouse 家的次女	钢琴
			Jane Fairfax	Miss Bates 的外甥女，被 Campbell 夫妇收养	钢琴
			Mrs. Weston	Emma 的家庭教师	钢琴
			Mrs. Elton	牧师的太太	钢琴
		男性	Harriet Smith	身世不明的私生女	
			George Knightley	Emma 的婚嫁对象	
			Frank Churchill	Jane 的秘密订婚对象	唱歌
Northanger Abbey (1818)	《诺桑觉寺》	女性	Catherine Morland	Morland 家的大女儿	
		男性	Henry Tilney	Tilney 家的次子	
Persuasion (1818)	《劝导》	女性	Anne Elliot	Elliot 家的次女	钢琴
			Louisa Musgrove	Musgrove 家的长女	钢琴和竖琴
			Henrietta Musgrove	Musgrove 家的次女	
		男性	Captain Frederick Wentworth	Anne 再续前缘的对象	

参考文献

中文书目

[1] 简·奥斯汀. 爱玛 [M]. 刘重德，译. 南宁：漓江出版社，1982.

[2] 简·奥斯汀. 傲慢与偏见 [M]. 孙致礼，译. 南京：译林出版社，2010.

[3] 简·奥斯汀. 理智与情感 [M]. 孙致礼，译. 南京：译林出版社，1996.

[4] 简·奥斯汀. 曼斯菲尔德庄园 [M]. 孙致礼，译. 南京：译林出版社，2006.

[5] 简·奥斯汀. 诺桑觉寺 [M]. 孙致礼，译. 南京：译林出版社，2009.

[6] 简·奥斯汀. 沙地屯 [M]. 常立、车振华，译. 上海：三联书店，2014.

[7] 简·奥斯汀. 信 [M]. 杨正和，卢普玲，译. 北京：新星出版社，2007.

[8] 李琴. 中西方钢琴音乐文化发展研究 [M]. 北京：中国书籍出版社，2014.

[9] 李维屏，张定铨. 英国文学专史系列研究 [M]. 上海：上海外语教育出版社，2012.

[10] 王嘉陵. 西方音乐简史 [M]. 成都：四川文艺出版社，2009.

[11] 王佐良. 英国文学史 [M]. 北京：商务印书馆，1996.

[12] 于润洋. 西方音乐通史 [M]. 上海：上海音乐出版社，2003.

[13] 钱乘旦，许洁明. 英国通史 [M]. 上海：上海社会科学院出版社，2007.

[14] 侯维瑞，李维屏. 英国小说史 [M]. 南京：译林出版社，2015.

[15] 朱虹. 奥斯丁研究 [M]. 北京：中国文联出版社，1985.

[16] 王晓焰. 18—19世纪英国妇女地位研究 [M]. 北京：人民出版社，2007.

[17] 玛丽·伊格尔顿. 女权主义文学理论 [M]. 胡敏，陈彩霞，等，译. 湖南文艺出版社，1989.

[18] 马丁·海德格尔. 海德格尔如是说：人，诗意地安居 [M]. 郜元宝，译. 上海：上海远东出版社，2011.

[19] 马丁·海德格尔. 存在与时间 [M]. 陈嘉映，王庆节，译. 上海：生活·读书·新知三联书店，1999.

[20] 罗钢，刘象愚. 文化研究读本 [M]. 北京：中国社会科学出版社，2000.

[21] 赫勒. 日常生活 [M]. 衣俊卿，译. 重庆：重庆出版社，2010.

[22] 衣俊卿. 现代化与日常生活批判 [M]. 北京：人民出版社，2005.

[23] 伊恩·P·瓦特著. 小说的兴起 [M]. 高原，董红钧，译. 上海：生活·读书·新知三联书店，1992.

[24] 苏珊·S·兰瑟. 虚构的权威：女性作家与叙述声音 [M]. 北京：北京大学出版社，2002.

[25] 步雅芸. 经典与后经典：简·奥斯丁的叙事策略 [M]. 杭州：浙江大学出版社，2014.

[26] 卢卡奇. 审美特性 [M]. 徐恒醇，译. 北京：中国社会科学出版社，1986.

[27] 李维屏，宋建福，等. 英国女性小说史 [M]. 上海：上海外语教育出版社，2011.

[28] 聂珍钊，唐红梅，杜娟，等. 英国文学的伦理学批评 [M]. 武汉：华中师范大学出版社，2007.

[29] 张京媛. 当代女性主义文学批评 [M]. 北京：北京大学出版社，1992.

中文期刊论文

[1] 刘雅琼. 奥斯丁小说中音乐与女性主体意识的建构 [J]. 山东女子学院学报，2019 (03).

［2］韦奕帆. 女性主义视阈下19世纪欧洲沙龙钢琴音乐研究［D］. 上海：上海师范大学，2018.

［3］刘雅琼. 奥斯丁小说中的音乐与女性意识的形成［D］. 北京：北京外国语大学，2016.

［4］钱震来. 论简·奥斯丁［J］. 文学理论研究，1988（01）.

［5］洪忠祥. 由《傲慢与偏见》的两个译本的比较谈翻译中要注意的几个问题［J］. 中国翻译，1997（05）.

［6］刘雯. 论《傲慢与偏见》的喜剧精神［J］. 外国文学研究，1997（02）.

［7］杨莉馨. 从《傲慢与偏见》的结构谈简·奥斯丁的女性意识［J］. 南京师大学报（社会科学版），1998（01）.

［8］袁敏.《傲慢与偏见》和《简·爱》美学追求之比较［J］. 重庆师范大学学报（哲学社会科学版），1998（04）.

［9］董俊峰. 论《傲慢与偏见》的喜剧美学特征［J］. 贵州师范大学学报（社会科学版），2000（01）.

［10］刘丹翎. 简·奥斯丁的小说《爱玛》中反讽的艺术特色［J］. 西北大学学报（哲学社会科学版），2003，33（03）.

［11］崔丽华. 论简·奥斯丁《傲慢与偏见》中的浪漫主义倾向［J］. 辽宁大学学报（哲学社会科学版），2006（06）.

［12］田玉霞. 喜剧背后的觉醒：从喜剧的角度谈《傲慢与偏见》中简·奥斯丁的女性意识［J］. 成都大学报（教育科学版），2007，21（09）.

［13］王敏. 从情感到理智：论简·奥斯丁的女性审美转向［J］. 重庆交通大学报（社会科学版），2008，08（04）.

［14］朱婉滢. 从婚姻和财富看《傲慢与偏见》中的女性意识［J］. 读与写（教育教学刊），2008（11）.

［15］黄梅.《理智与情感》中的"思想之战"［J］. 外国文学评论，2010（01）.

［16］王海东. 从《理智与情感》中欣赏奥斯丁的叙述技巧与语言风格［J］. 时代文学：下半月，2011（03）.

［17］李曦.《傲慢与偏见》中简·奥斯丁的女性意识［J］. 时代文学：下半月，2011（10）.

[18] 吴金涛. 虚构与真实：从寓言模式看卡夫卡的小说美学 [J]. 陕西理工学院学报（社会科学报），2012，03（04）.

[19] 孙萍.《理智与情感》中简·奥斯丁的现实主义和浪漫主义思想研究 [J]. 太原大学教育学院学报，2012（04）.

[20] 李娜，田颖. 接受美学视野下《理智与情感》的接受过程 [J]. 吉林省教育学院学报：下旬，2012（12）.

外文文献

[1] AUSTEN JANE. *Emma* [M]. London：Penguin Books，1994.

[2] AUSTEN JANE. *Mansfield park* [M]. London：Penguin Books，1994.

[3] AUSTEN JANE. *Northanger abbey* [M]. London：Penguin Books，1994.

[4] AUSTEN JANE. *Sense and sensibility* [M]. London：Penguin Books，1994.

[5] AUSTEN JANE. *Pride and prejudice* [M]. London：Penguin Books，1994.

[6] WELLS JULIETTE. *Everybody's Jane：Austen in the popular imagination* [M]. Continuum International Publishing Group，1974.

[7] IMMANUEL KANT. *Critique of judgment* [M]. trans. Werner S. Pluhar，Hackett Publishing Company，1987.

[8] NISBET H. B，RAWSON CLAUDE. *The Cambridge history of literary criticism* [M]. Cambridge：Cambridge University Press，2005.

[9] SHAFTESBURY. *Characteristics of men，manner，opinion，times* [M]. vol. 1. The Online Library of Liberty，1737.

[10] BOURDIEU PIERRE. *Outline of a theory of practice* [M]. trans. Richard Nice. Cambridge：Cambridge University Press，1977.

[11] DABNEY TOWNSEND. *Hume's aesthetic theory：taste sentiment* [M]. London：Routledge，2001.

[12] GEORGE DICKIE. *The century of taste* [M]. Oxford University Press，1996.

[13] BUTLER MARILYN. *Jane Austen and the war of ideas* [M]. Oxford: Clarendon Press, 1975.

[14] DERESIEWICZ, WILLIAM. *Jane Austen and the romantic poets* [M]. New York: Columbia University Press, 2004.

[15] DUCKWORTH, ALISTAIR M. *The improvement of the estate: a study of Jane Austen's novels* [M]. Baltimore and London: Johns Hopkins University Press, 1971.

[16] FERGUS, JAN. *Jane Austen: a literary life* [M]. Basingstoke and London: Macmillan, 1991.

[17] GALPERIN WILLIAM H. *The historical Austen* [M]. Philadelphia: Pennsylvania university Press, 2003.

[18] GARD ROGER. *Jane Austen's novels: the art of clarity* [M]. New Haven: Yale University Press, 1992.

[19] GILSON DAVID. *A bibliography of Jane Austen* [M]. Oxford: Clarendon Press. 1982. repr. St Paul's Bibliographies, Winchester and Oak Knoll Press, New Castle. DE, 1997.

[20] JENKYNS RICHARD. *A fine brush on ivory: an appreciation of Jane Austen* [M]. Oxford University Press, 2004.

[21] KNOX-SHAW, PETER. *Jane Austen and the enlightenment* [M]. Cambridge University Press, 2004.

[22] LASCELLES MARY. *Jane Austen and her art* [M]. Oxford: Clarendon Press, 1939.

[23] MILLER. D. A. *Jane Austen, or the secret of style* [M]. Princeton University Press, 2003.

[24] MOONEYHAM LAURA G. *Romance, language and education in Jane Austen's novels* [M]. New York: St Martin's Press, 1988.

[25] MUDRICK MARVIN. *Jane Austen: irony as defense and discovery* [M]. Princeton University Press, 1952.

[26] SELWYN DAVID. *Jane Austen and leisure* [M]. London: Hambledon press, 1999.

[27] TODD JANET. *Sensibility: an introduction* [M]. London:

Methuen，1986.

［28］TODD JANET. *Jane Austen in context* ［M］. Cambridge University Press，2005.

［29］TRILLING LIONEL. *"Mansfield Park" in Jane Austen* ［M］. *A Collection of Critical Essays*. ed. Ian Watt. Englewood Cliffs. NJ：Prentice-Hall，1966.

［30］VAN SANT. Ann Jessie. *Eighteenth-century sensibility and the novel：the senses in social context* ［M］. Cambridge University Press，1993.

［31］WALDRON MARY. *Jane Austen and the fiction of her time* ［M］. Cambridge university press，1999.